ENTRE AMIGOS

Obras do autor publicadas pela Companhia das Letras

A caixa preta

Cenas da vida na aldeia

Uma certa paz

Como curar um fanático

Conhecer uma mulher

De amor e trevas

De repente nas profundezas do bosque

Entre amigos

Fima

Judas

Os judeus e as palavras

O mesmo mar

Meu michel

O monte do mau conselho

Não diga noite

Pantera no porão

Rimas da vida e da morte

AMÓS OZ

Entre amigos

Tradução do hebraico e notas
Paulo Geiger

3ª reimpressão

Companhia das Letras

Copyright © 2012 by Amós Oz

Grafia atualizada segundo o Acordo Ortográfico da Língua Portuguesa de 1990, que entrou em vigor no Brasil em 2009.

Título original
Be'in Khaverim
Between Friends

Capa
warrakloureiro

Foto de capa
Detalhe de Unidades da Haganá, exército israelense, defendendo assentamentos judeus durante a Guerra Árabe-israelense, 1948. © Robert Capa/Magnum Photos/ ICP

Preparação
Ana Cecília Agua de Melo

Revisão
Carmen T. S. Costa
Márcia Moura

Os personagens e as situações desta obra são reais apenas no universo da ficção; não se referem a pessoas e fatos concretos, e não emitem opinião sobre eles.

Dados Internacionais de Catalogação na Publicação (CIP)
(Câmara Brasileira do Livro, SP, Brasil)

Oz, Amós
    Entre amigos / Amós Oz ; tradução do hebraico e notas Paulo Geiger. — 1ª ed. — São Paulo : Companhia das Letras, 2014.

    Título original: Be`in Khaverim.
    ISBN 978-85-359-2375-9

    1. Romance israelense (Hebraico) I. Título.

13-12905   CDD 892.43

Índice para catálogo sistemático:
1. Romances : Literatura israelense em hebraico 892.43

[2016]
Todos os direitos desta edição reservados à
EDITORA SCHWARCZ S.A.
Rua Bandeira Paulista, 702, cj. 32
04532-002 — São Paulo — SP
Telefone: (11) 3707-3500
Fax: (11) 3707-3501
www.companhiadasletras.com.br
www.blogdacompanhia.com.br
facebook.com/companhiadasletras
instagram.com/companhiadasletras
twitter.com/cialetras

Sumário

O rei da Noruega, 7
Duas mulheres, 20
Entre amigos, 28
Pai, 44
Um menininho, 63
À noite, 78
Dir Adjlun, 95
Esperanto, 116

O rei da Noruega

E em nosso kibutz Ikhat havia um homem chamado Tzvi Provizor, solteiro, baixinho, os olhos sempre a piscar, uns cinquenta anos de idade. Ele gostava de dar más notícias: tremores de terra, desastres de avião, prédios que ruíam cheios de gente, incêndios e inundações. Acordava cedo para ler o jornal logo de manhãzinha, antes de todos nós, e ouvia todos os noticiários do rádio para poder se apresentar na entrada do refeitório e deixar você chocado com os duzentos e cinquenta mineiros de carvão que tinham sido soterrados, sem esperança, no desabamento de uma mina de carvão na China, ou com uma barcaça que virou e afundou com seiscentos passageiros numa tempestade no mar do Caribe. Perseverava também em decorar os anúncios fúnebres. Tomava conhecimento antes de qualquer um da morte de pessoas famosas e passava a informação a todo o kibutz. Certa manhã ele me fez parar no caminho diante da enfermaria.

"Você ouviu falar de um escritor chamado Vislawski?"

"Sim. Ouvi. Por quê?"

"Ele morreu."

"Sinto muito pela notícia."

"Escritores também morrem."

E uma vez ele me pegou quando eu estava trabalhando em meu turno no refeitório.

"Vi no obituário que seu avô morreu."

"Sim."

"E há três anos também morreu um avô seu."

"Sim."

"Então este já foi o último."

Tzvi Provizor trabalhava sozinho na manutenção dos jardins e gramados públicos do kibutz. Ele acordava todo dia às cinco da manhã, desmontava e remontava canos e aspersores, afofava a terra de canteiros de flores, plantava, podava e irrigava, aparava gramados com uma máquina barulhenta, pulverizava com pesticidas, espalhava e fazia penetrar na terra adubo orgânico e adubo químico. Trazia pendurado no cinto um rádio transístor do qual extraía uma corrente perpétua de péssimas notícias:

"Você ouviu? Um grande massacre em Angola."

Ou:

"Morreu o ministro das Religiões. Deram a notícia há dez minutos."

Os *chaverim* do kibutz o evitavam. No refeitório procuravam não se sentar à sua mesa. Nas tardes-noites de verão ele se sentava sozinho num banco verde na beira do grande relvado em frente ao refeitório e ficava observando as crianças que corriam na grama. A brisa vespertina enfunava sua camisa e lhe secava o suor. Acima das copas dos altos ciprestes nascia uma lua avermelhada pelo vento morno e seco. Num fim de tarde, Tzvi Provizor abordou uma mulher que estava sentada num banco próximo, Luna Blank, e observou com tristeza:

"Você não ouviu? Na Espanha um orfanato pegou fogo e oitenta órfãos morreram asfixiados pela fumaça."

Luna, professora viúva com cerca de quarenta e cinco anos, enxugou o suor da testa com um lenço e disse:

"Isso é terrível e chocante."

E Tzvi:

"Só resgataram de lá três sobreviventes, e eles também estão em estado grave."

Entre nós ele era respeitado por seu dedicado trabalho no setor de paisagismo; durante vinte e dois anos de sua vida no kibutz não se registrou junto a seu nome, na caderneta de trabalho, nem um só dia de doença. Os espaços exteriores do kibutz floresciam graças a ele. Em todo terreno vazio ele plantava as flores da estação. Aqui e ali construía canteiros de pedra nos quais plantava vários tipos de cacto. Aqui e ali, em toda a extensão das áreas externas comuns, ele erguia caramanchões de madeira que sustentavam parreiras. Em frente ao refeitório instalou uma fonte e um repuxo, com peixinhos dourados e plantas aquáticas. Tinha um senso estético bom e todos sabiam apreciar isso. Mas pelas costas ele era chamado de "Anjo da Morte" e corria a fofoca de que não tinha e nunca tivera interesse por mulheres, e na verdade, por homens também não. Havia um rapaz, Roni Shindlin, que o imitava admiravelmente bem e nos fazia a todos rolar de rir. Durante as tardes, quando todos os membros do kibutz ficavam sentados, cada família em sua varanda ou no pequeno gramado em frente a suas casas, tomando café e brincando com os filhos, Tzvi Provizor ia à casa de cultura para ler jornais e lá ficava na companhia de cinco ou seis homens solitários como ele, devoradores de jornais, polemistas, solteiros a envelhecer, divorciados, viúvos. Reuvke Roth, um homem pequeno e calvo com grandes orelhas de morcego, reclamava de seu canto que as operações de retaliação do exército israelense só faziam aumentar o banho de sangue, porque vingança puxa vingança, e represália puxa represália. Os outros reagiam imediatamente investindo sobre ele e o repreendendo: "O que é que você está dizendo, com eles não se pode ficar calado, a contenção e a conciliação só aumentam o atrevimento dos árabes". Tzvi Provizor piscava e dizia:

"No fim isso vai dar em guerra. Só pode levar a uma guerra terrível."

E Emanuel Gluzman, o tartamudo, se entusiasmava:

"G-g-guerra. M-muito bom. Nós v-v-venceremos e vamos c-conquistar as t-t-terras deles a-até o Jordão."

Reuvke Roth observava em voz alta:

"Ben Gurion é um grande jogador de xadrez. Sempre enxerga cinco lances à frente. Só que o quê? Tudo com ele é sempre na força."

Nesse ponto Tzvi Provizor profetizava com tristeza:

"Se perdermos, os árabes virão e vão nos dizimar. Se vencermos, os russos virão e vão nos bombardear."

Emanuel Gluzman implorava:

"B-basta, *chaverim*, silêncio, deixem-me l-l-ler o jornal em s-silêncio."

E Tzvi, após alguns minutos de silêncio:

"Vocês ouviram? Está escrito aqui que o rei da Noruega está com câncer no fígado. E aqui o diretor do nosso Comitê Regional também está com câncer."

Roni Shindlin, o palhaço, quando encontrava com Tzvi Provizor no sapateiro ou na comuna de roupas, perguntava zombeteiramente:

"E aí, Anjo da Morte? Qual foi o avião que se estraçalhou hoje?"

Entre Tzvi Provizor e Luna Blank criou-se uma espécie de

hábito, o de trocarem algumas palavras ao entardecer. Ele se sentava na extremidade direita do banco da esquerda na beira do gramado e ela se sentava perto dele, na extremidade esquerda do banco da direita. Ele conversava com ela e piscava e ela amassava seu lenço entre os dedos. Ela usava um vestido de verão, de alças, leve e gracioso. Elogiava os jardins públicos do kibutz, fruto do trabalho dele, e lhe dizia que graças a ele nós vivemos aqui sobre tapetes de grama à sombra de um caramanchão florido e entre canteiros encantadores. Tinha uma certa tendência para usar palavras festivas. Era a educadora da terceira série e exímia em fazer delicados desenhos a lápis, que eram pendurados nas paredes de algumas de nossas pequenas residências. Seu rosto era redondo e sorridente e seus cílios compridos, mas o pescoço era um pouco enrugado, as pernas muito finas e busto ela quase não tinha. Seu marido morrera alguns anos antes quando servia como reservista na fronteira da Faixa de Gaza, e não tinham tido filhos. Nós a víamos como uma figura positiva, que assumira e enfrentara sua tragédia pessoal e se dedicara de corpo e alma à tarefa de ensinar. Tzvi falava com ela sobre variedades de rosas e ela assentia com um movimento de cabeça, como se concordasse entusiasticamente com cada palavra. Depois ele lhe explicava com detalhes como fora terrível a praga de gafanhotos que assolara o Sudão. Luna disse:

"Você é um homem tão sensível."

E Tzvi piscou e disse:

"De qualquer maneira, eles não têm muitas áreas verdes lá no Sudão."

Luna disse:

"Por que você toma sobre seus ombros toda a aflição que há no mundo?"

E Tzvi lhe respondeu:

"Fechar os olhos para os aspectos cruéis da vida, em minha

opinião, é uma tolice e também um pecado. Fazer, nós podemos muito pouco. Então pelo menos é preciso dizer."

Em uma das tardes do verão ela o convidou a vir à noitinha tomar um café gelado no quarto dela. Ele veio vestido com as roupas que costumava usar à noite, depois do trabalho, calças cáqui compridas e uma camisa azul-clara de mangas curtas. Seu rádio transístor estava pendurado no cinto e às oito horas ele pediu licença para ouvir o resumo do noticiário. Nas paredes do quarto de Luna Blank estavam pendurados alguns de seus desenhos a lápis, em molduras simples. Nesses desenhos viam-se garotas sonhadoras e algumas paisagens, colinas pedregosas e oliveiras. Sob a janela ficava uma cama de casal e sobre ela se estendia uma colcha e se espalhavam almofadas com bordados orientais. Na estante branca os livros estavam arrumados segundo sua altura, a começar por álbuns de arte sobre Van Gogh e Cézanne e Gauguin, continuando com os volumes da Bíblia hebraica na edição de Casutto, até a série dos romances da Biblioteca para o Povo. No centro do quarto havia uma mesa de servir café redonda e junto a ela duas poltronas modestas. Sobre a mesa fora estendida uma toalha bordada e sobre esta estavam dispostos utensílios para servir café e biscoitos para dois. Tzvi Provizor disse:

"É agradável este seu lugar."

E acrescentou:

"Limpo. Arrumado."

Luna Blank disse, embaraçada:

"Obrigada. Fico contente."

Mas não havia contentamento algum em sua voz, só uma constrangida tensão.

Depois tomaram café e comeram biscoitos e falaram sobre árvores ornamentais e árvores frutíferas, conversaram sobre as dificuldades para manter a disciplina em classe nos tempos atuais, quando tudo é permitido, conversaram sobre a migração de pássaros. Tzvi piscou os olhos e disse:

"Em Hiroshima, eu li no jornal, dez anos depois da bomba ainda não há pássaros."

Luna disse:

"Você carrega nos ombros toda a aflição do mundo."

E disse também:

"Anteontem, olhando pela janela, num galho baixo da árvore eu vi uma poupa."

Assim, os dois começaram a se encontrar nas primeiras horas da noite. Sentavam-se para conversar em um dos bancos do jardim, debaixo de uma frondosa buganvília, ou tomavam café no quarto de Luna. Ele voltava do trabalho às quatro horas, tomava banho, se penteava em frente ao espelho, vestia as calças cáqui bem passadas com a camisa azul-clara e ia ao encontro dela. Às vezes trazia consigo mudas das flores da estação para plantar no pequeno jardim particular dela. Uma vez levou um tomo com poemas selecionados de Iaakov Fichman. Ela lhe deu biscoitos de papoula num saquinho, e também um desenho a lápis representando dois ciprestes e um banco. Mas já às oito horas, ou oito e meia, se despediam e Tzvi voltava ao seu quarto monástico de solteiro, onde sempre pairava um pesado cheiro de solteirice. Roni Shindlin, o palhaço, dizia no refeitório que o Anjo da Morte estava descendo sobre a Viúva Negra. Na sala dos jornais, numa tarde, Reuvke Roth disse a Tzvi, com zombeteiro afeto:

"E então, a mão encontrou uma luva, hein?"

Mas Tzvi e Luna não se assustaram com as fofocas e com as alfinetadas. A ligação entre eles se fortalecia quase que dia a dia. Ele lhe revelou que em suas horas vagas, na solidão de seu quarto, sentava-se para traduzir do polonês para o hebraico um romance do escritor Iwaszkiewicz. Um romance cheio de delicadeza e de sofrimento. Para esse escritor, nossa situação aqui no mundo é ridícula, mas toca o coração. Luna o escutou com a cabeça um pouco inclinada, os lábios entreabertos, e serviu mais café quente em sua xícara, como se as coisas que ele contava a ela estivessem atestando que ele precisava de consolo, e o merecia, e como se o café pudesse compensá-lo um pouco pela aflição do escritor Iwaszkiewicz e por sua própria aflição. Ela sentia que a ligação entre eles lhe era cara e preenchia seus dias, que até então tinham sido sem graça e sempre iguais uns aos outros. Numa das noites sonhou que os dois montavam o mesmo cavalo, o peito dela grudado às costas dele e os braços cingindo sua cintura, e cavalgavam num vale entre altas montanhas onde serpenteava um rio caudaloso. Resolveu não contar esse sonho a Tzvi, embora lhe contasse seus outros sonhos em todos os seus detalhes e com muita serenidade. Ele, por sua vez, piscou os olhos e contou que em sua infância, na pequena cidade de Yanow, na Polônia, sonhara em ser um estudante. Mas quando surgiu o movimento juvenil sionista de pioneiros,* Tzvi se deixou levar por ele e desistiu dos estudos. Assim mesmo, não parou de aprender nos livros, durante toda a sua vida. Luna recolheu com cuidado duas pequenas migalhas da toalha da mesa e disse:

"Você foi um rapaz muito tímido. Mesmo agora você ainda é um pouco tímido."

Tzvi disse:

"Você não me conhece muito bem."

---

* Os movimentos juvenis sionistas de pioneiros surgiram no início do século xx, em âmbito mundial, na esteira do movimento sionista (1897) e visavam preparar a juventude judaica para imigrar para Erets Israel (a Palestina) como "pioneiros", geralmente fundando colônias agrícolas coletivas (*moshavim, kibutzim*) para redimir o solo e preparar o país para ser o futuro Estado do povo judeu.

Luna disse:

"Conte-me. Estou ouvindo."

E Tzvi disse:

"Ouvi no rádio esta noite: no Chile um vulcão entrou em erupção. Quatro aldeias ficaram totalmente soterradas nas correntes de lava. A maior parte dos habitantes não conseguiu fugir."

Certa noite, quando discorria animadamente para ela sobre a fome na Somália, num rompante de ternura ela subitamente segurou a mão dele e a puxou para o seu colo. Tzvi estremeceu e se apressou a recolher a mão num gesto quase violento. Fortes piscadelas acometeram seus olhos. Em toda a sua vida nunca tocara nos outros e se arrepiava se tocavam nele. Ele gostava do contato dos torrões de terra afofada e da maciez dos talos das mudas, mas o toque de pessoas estranhas, homens ou mulheres, o fazia se encolher todo como se tivesse sofrido uma queimadura. Sempre se esquivava de apertos de mão, de batidinhas nos ombros e do roçar casual de um braço em seu braço na mesa do refeitório. Pouco tempo depois se levantou e foi embora. No dia seguinte não veio se encontrar com ela, porque começara a temer que a relação entre eles estivesse levando, de uma maneira que pelo visto era inevitável, a lugares prenhes de perigo, que ele não só não queria como até repugnava. Luna não compreendeu nada, mas com sua sensibilidade adivinhou que com certeza o tinha magoado de algum modo. Resolveu lhe pedir desculpas, embora não soubesse por quê. Será que lhe fizera uma pergunta que não era para ser feita? Ou talvez tivesse falhado em captar alguma insinuação importante codificada entre as palavras dele?

Alguns dias depois enfiou por baixo da porta do quarto dele um bilhete escrito em sua caligrafia redonda e ingênua:

Perdão se o magoei. Vamos poder conversar?

Tzvi lhe respondeu com um bilhete:

Melhor não. Isso não vai acabar bem.

Assim mesmo ela o esperou embaixo do cinamomo na saída do refeitório, depois do jantar, e perguntou, envergonhada:

"Explique-me, o que foi que eu fiz?"

"Nenhuma coisa ruim."

"Então por que você está se afastando de mim?"

"Entenda: isso é... desnecessário."

Desde então não se encontraram mais, e quando passavam um pelo outro no caminho, ou se encontravam no pequeno almoxarifado,* cumprimentavam-se com um leve aceno de cabeça, hesitavam um instante e continuavam cada qual em seu caminho.

Na hora do almoço Roni Shindlin disse aos que estavam sentados à sua mesa que o Anjo da Morte tinha interrompido sua lua de mel e que de agora em diante estávamos todos novamente em perigo. E de fato Tzvi começou a contar aos solteiros que se reuniam na sala dos jornais que na Turquia uma grande ponte tinha desmoronado, exatamente na hora de maior movimento.

Dois ou três meses depois começamos a notar que Luna Blank tinha parado de ir às reuniões do grupo de amigos da música clássica e até estava faltando a algumas reuniões de professores. Ela tingiu seu cabelo de vermelho-cobre e começou a usar um batom de cor forte. De vez em quando não vinha jantar. Na festa de *Sucot*, viajou para a cidade, onde ficou alguns dias e de onde voltou usando um vestido que nos pareceu um tanto ousado, com uma profunda abertura no lado. No início do outono nós a vimos algumas vezes sentada no banco em frente ao

---

* Como no kibutz não havia propriedade privada nem circulava dinheiro, os pequenos produtos necessários no dia a dia (material de higiene, cigarros, pequenos utensílios etc.) eram distribuídos, segundo um sistema de pontos, nos almoxarifados destinados a esse fim.

grande gramado na companhia do treinador de basquete, um homem dez anos mais moço que ela que vinha de Netanya para o kibutz duas vezes por semana. Roni Shindlin comentou que ela com certeza estava aprendendo a quicar e driblar durante as noites. Depois de duas ou três semanas ela se afastou do treinador de basquete e começou a ser vista por nós na companhia de um comandante de pelotão da Nachal,* um rapaz de uns vinte e dois anos de idade. Já não era possível deixar isso passar e o comitê educacional realizou uma reunião discreta para discutir as projeções dessa situação sob o ponto de vista educacional. Toda noite Tzvi Provizor se sentava sozinho no banco diante da fonte com o repuxo que tinha construído com as próprias mãos, observando, imóvel, as crianças que brincavam na grama. Se você passasse por ele e o cumprimentasse com um boa-noite, ele respondia com outro boa-noite e lhe contava com tristeza sobre as inundações que tinham ocorrido no sudeste da China.

E no início do inverno, sem aviso prévio, no meio do ano letivo, Luna Blank viajou sem licença da secretaria executiva do kibutz para encontrar sua irmã, que vivia nos Estados Unidos. A irmã tinha lhe enviado uma passagem e Luna foi vista certa manhã no ponto de ônibus, usando seu vestido ousado e uma echarpe colorida, se equilibrando em cima de sapatos de salto alto e arrastando uma grande mala. "Vestida a caráter para Hollywood", disse Roni Shindlin. A secretaria executiva decidiu suspender sua condição de membro do kibutz até que a questão fosse debatida e Roni Shindlin disse a seus comensais de sempre: "A Viúva Negra está fugindo do Anjo da Morte".

---

* Nachal (sigla de Noar chalutzi latsavá, "juventude pioneira no exército"): a divisão do exército israelense em que servem grupos orgânicos de jovens dos movimentos juvenis, que pretendem ir viver em kibutzim depois do exército e, por isso, passam parte de seu serviço militar trabalhando em kibutzim, aos quais muitas vezes se integram depois.

Enquanto isso o quarto de Luna Blank permanecia trancado e às escuras, embora no comitê de moradia já houvesse gente de olho nesse quarto, por causa da carência de unidades habitacionais. Na pequena varanda tinham ficado cinco ou seis vasos de plantas simples, filodendros, gerânios e cactos, e Tzvi Provizor passava às vezes por lá para regá-los e afofar-lhes a terra.

Depois veio o inverno. Nuvens baixas roçavam as copas das árvores ornamentais. Nos campos e nos pomares a lama era pesada e os que trabalhavam nas culturas de cereais e de frutas eram escalados para trabalhar na fábrica. As chuvas eram cinzentas e não paravam de cair. Durante as noites as calhas faziam barulho e um vento frio se infiltrava pelas frestas das persianas. Todas as noites, até as dez e meia, Tzvi Provizor ficava sentado ouvindo todas as edições dos noticiários e entre uma edição e outra se curvava sobre sua mesa monástica, à luz de uma luminária corcunda, e traduzia para o hebraico mais algumas linhas do livro carregado de sofrimento do escritor polonês Iwaszkiewicz. Acima de sua cama estava pendurado o desenho a lápis que Luna lhe dera, dois ciprestes e um banco. Os ciprestes lhe pareciam tristes, e no banco não havia ninguém. Às dez e meia se agasalhava e saía para ficar de pé em sua varanda e contemplar as nuvens baixas e os caminhos de concreto desertos e molhados, à luz amarela do lampião. Se houvesse uma interrupção entre uma chuva e outra, saía para um pequeno passeio noturno e verificava como iam os vasos de planta na varanda dela. Os degraus da varanda já estavam cobertos de folhas decíduas e Tzvi imaginava sentir o sopro de um aroma de sabonete ou xampu vindo de dentro do quarto trancado. Depois vagava um pouco pelos caminhos desertos do kibutz, enquanto gotas de chuva caíam dos galhos das árvores sobre sua cabeça descoberta, voltava para seu quarto para ouvir, os olhos a piscar, sem acender a luz, a última edição do noticiário.

Um dia, bem cedo na madrugada, quando a escuridão gelada e úmida ainda envolvia tudo, parava no meio do caminho um dos trabalhadores do estábulo que seguia para a ordenha matinal e lhe dava a notícia, com tristeza:

"Você ouviu? Esta noite morreu o rei da Noruega. Ele tinha câncer. No fígado."

Duas mulheres

De manhã bem cedo, às cinco horas, antes do nascer do sol, de entre os arbustos começa a chegar em sua janela aberta o murmúrio dos pombos. Esses pombos têm um arrulho baixo, uniforme e prolongado que transmite a ela tranquilidade. Uma leve brisa sopra nas copas dos pinheiros e na encosta da colina um galo canta. Um cão distante late e outro lhe responde. Esses sons despertam Osnat de seu sono ainda antes do toque do despertador e ela se levanta da cama, desliga o relógio, se lava e veste suas roupas de trabalho. Às cinco e meia ela sai para trabalhar na lavanderia do kibutz. No caminho, passa em frente à casa de Boaz e Ariela, que parece estar trancada e às escuras. Ela diz consigo mesma que os dois ainda estão dormindo e esse pensamento não lhe desperta nem ciúme nem mágoa, mas um obscuro espanto: como se tudo que aconteceu tivesse acontecido não com ela, mas com pessoas estranhas, e não há dois meses, mas há muitos anos. Na lavanderia ela acende a luz, pois a luz do dia ainda está muito pálida. Depois ela se curva sobre as pilhas de roupa por lavar e começa a separar o que é branco do que é de cor, o que é algodão do que é sintético. Odores corporais azedos emanam da roupa suja e se misturam ao cheiro do sabão em pó. Osnat trabalha aqui sozinha, mas tem um aparelho de rádio que ela liga logo pela manhã, para amenizar sua solidão, embora o zumbido da máquina de lavar abafe tanto as palavras quanto as melodias. Até as sete e meia ela termina o primeiro ciclo, esvazia a máquina, torna a carregá-la e vai para o refeitório tomar seu café da manhã. Seu caminhar é sempre lento, como se não tivesse certeza de para onde quer ir, ou como se não se importasse com isso. Osnat é considerada entre nós uma moça muito tranquila.

No início do verão Boaz revelou a Osnat que ele e Ariela Bresh mantinham uma relação já havia oito meses e que agora ele chegara à conclusão de que os três não poderiam continuar a viver uma mentira. Por isso decidira abandonar Osnat e se mudar, com todas as suas coisas, para a casa de Ariela. Você já não é nenhuma criança, ele disse, você sabe, Osnat, que coisas assim acontecem todo dia no mundo inteiro, e também conosco, aqui no kibutz. Sorte que não temos filhos. Poderia ser muito mais difícil para nós. Ele ia levar sua bicicleta, mas deixaria o rádio para ela. Queria que a separação fosse amistosa, assim como amistoso fora o ambiente entre eles todos esses anos. Se ela está com raiva dele, ele é capaz de entender totalmente. Embora na verdade ela não tenha tantos motivos para ter raiva, afinal não tinha a intenção de magoá-la com sua relação com Ariela. Coisas assim simplesmente acontecem, e pronto. Seja como for, ele pede perdão. Vai retirar suas coisas ainda hoje, e fora isso vai deixar para ela não só o rádio como todo o resto, inclusive os álbuns, as almofadas bordadas e o serviço de café, presente de casamento.

Osnat disse:

"Sim. Está bem."

"O que sim?"

"Vai."

E depois disse:

"Vai embora de uma vez."

Ariela Bresh era uma divorciada magra e alta, tinha um pescoço delicado, cabelo longo a cair sobre os ombros e olhos risonhos em um dos quais se notava um ligeiro estrabismo. Trabalhava no galinheiro e também dirigia o comitê de cultura do kibutz: as comemorações das festas judaicas, as cerimônias e os casamentos eram de sua responsabilidade, assim como convidar palestrantes para as vésperas de sábado e programar filmes para as sessões de cinema de quarta-feira à noite no refeitório. Tinha o costume infantil de pronunciar "sin" em vez de "shin". Criava em seu quarto um gato velho e um cachorro novo, quase filhote, que viviam em paz. O cão tinha um pouco de medo do gato e lhe abria caminho educadamente. O velho gato ignorava o cão e passava por ele como se fosse transparente feito o ar. Mas durante a maior parte do dia os dois cochilavam na casa de Ariela, o gato sobre o sofá e o cão sobre o tapete, indiferentes um ao outro. Ariela Bresh fora casada durante um ano com um oficial da ativa do exército, Efraim, que a tinha abandonado por uma jovem soldada. A ligação entre ela e Boaz começou quando ele foi certa vez ao quarto dela vestindo uma camiseta de trabalho suada e manchada de óleo de máquinas. Ela tinha pedido a ele que passasse por lá para consertar uma torneira que estava pingando. Ele usava um largo cinto de couro com uma grande fivela de metal. Enquanto estava curvado sobre a torneira ela lhe acariciou suavemente as costas bronzeadas até que ele se virou para ela sem soltar a chave de fenda e a chave inglesa que tinha nas mãos. A partir de então costumava se esgueirar no quarto dela por meia hora ou uma hora inteira, mas houve no kibutz Ikhat quem percebesse essas incursões e não omitisse aos outros a descoberta. Comentou-se entre nós: que par estranho, ele, um fleumático, difícil ouvir dele uma palavra sequer, e ela não para de falar. Roni Shindlin, o palhaço, disse: O mel comeu o urso. Ninguém contou nada a Osnat, mas suas amigas a cercaram de atenções e carinho demais e achavam meios de lembrar a ela que conosco ela não estava sozinha, e que se precisasse de algo etc. E então Boaz empilhou suas roupas no assento traseiro da bicicleta e se mudou para a casa de Ariela. Ele voltava à tarde de seu trabalho na oficina mecânica, despia as roupas de trabalho e ia tomar uma ducha. Da porta do chuveiro fazia sempre a mesma pergunta:

"E aí? O que aconteceu hoje?"

E Ariela lhe respondia espantada:

"E o que mais poderia acontecer? Não aconteceu nada. Acabe seu banho e vamos tomar café."

Ariela achou um bilhete dobrado, escrito na caligrafia redonda e tranquila de Osnat, em seu escaninho de correspondência, que ficava no canto esquerdo inferior do quadro de escaninhos, junto à entrada do refeitório:

Boaz sempre se esquece de tomar as pílulas para a pressão alta. Ele tem de tomá-las pela manhã e à noite, antes de dormir, e de manhã, também, meia pílula contra colesterol. É melhor que ele coma a salada sem pimenta escura e quase sem sal, só queijos magros, e ele não pode nem chegar perto de carne vermelha. Peixe e carne de frango ele pode comer, mas sem tempero picante. E que não coma doces. Osnat. P.S.: E que beba menos café preto.

Ariela Bresh depositou um bilhete em resposta ao de Osnat no escaninho desta, numa caligrafia angulosa e nervosa:

*Obrigada. É muito magnânimo de sua parte. Boaz também
sofre de azia, mas ele diz que não é nada. Tentarei fazer tudo que
você pediu. Só que ele não é tão dócil assim e zomba da própria
saúde. Zomba de muitas outras coisas. Você sabe. Ariela B.*

Osnat escreveu:

*Se você não lhe der de comer coisas fritas, ácidas e picantes
ele não vai ter azia. Osnat.*

Ariela Bresh lhe respondeu alguns dias depois:

*Frequentemente eu me pergunto o que fizemos. Os sentimen-
tos dele estão refreados e os meus sentimentos vão mudando. Ele
gosta um pouco de meu cão, mas não suporta o gato. Quando
volta à tarde do trabalho na oficina ele me pergunta "E aí, o que
aconteceu hoje?". E então ele vai para o chuveiro, toma um café
preto e se senta em minha poltrona para ler o jornal. Tentei lhe
servir chá em vez de café e ele se zangou e reclamou, que eu parasse de bancar a mãe dele. Depois ele cochila na poltrona, o jornal
cai a seus pés, e ele acorda às sete para ouvir as notícias no rádio.
Durante o noticiário ele acaricia um pouco o cachorro e lhe diz algumas palavras carinhosas não muito claras, mas se o gato pula em
seus joelhos pedindo amor ele o enxota com violência e aversão, e
eu me encolho toda. Quando lhe pedi que consertasse uma gaveta emperrada, não só ele a consertou como também desmontou e
tornou a montar duas portas do armário que estavam rangendo,
e perguntou rindo se também era para consertar o assoalho ou o
telhado. Eu me pergunto o que me atraiu nele, e às vezes ainda
atrai, e não tenho uma resposta clara. Mesmo depois que ele toma
banho suas unhas estão sempre pretas do óleo das máquinas e as
mãos calejadas e arranhadas. E depois que se barbeia sempre res-*

tam pelos de barba por fazer. Talvez seja a permanente sonolência dele, pois mesmo quando está acordado é como se estivesse um pouco sonolento. E isso me excita a tentar despertá-lo. Mas eu só consigo despertá-lo por um momento, você sabe como. E mesmo assim não sempre. Não há dia em que eu não pense em você, Osnat, e chame a mim mesma de suja e me pergunte se pode haver perdão para o que eu fiz a você. E às vezes me digo que talvez Osnat não tenha dado muita importância a isso. Talvez ela nem o amasse? Difícil saber. Até parece que eu poderia optar entre fazer ou não fazer com você o que fiz. Na verdade não temos muita escolha. Toda essa questão de atração entre um homem e uma mulher de repente me parece estranha e até um pouco ridícula. Quem sabe para você também? Se vocês tivessem tido filhos nós duas sofreríamos muito mais. E ele? O que ele sente, de fato? Impossível saber. Você sabe tão bem o que ele pode e o que não pode comer, mas sabe de verdade o que ele sente? Se ele sequer sente? Uma vez eu até lhe perguntei se estava arrependido e ele balbuciou alguma coisa e depois falou assim: Você está vendo por si mesma que estou aqui com você e não com ela. Saiba, Osnat, que quase toda noite depois que ele adormece eu ainda fico acordada na cama, no escuro, olhando para a luz do luar que passa por uma fresta entre as cortinas e me perguntando como seria se eu fosse você. Eu me sinto atraída por essa sua serenidade. Oxalá eu pudesse absorver de você um pouco de serenidade. Às vezes eu me levanto e me visto e vou até a porta pensando em ir até você no meio da noite, do jeito que estou, para lhe explicar tudo, mas o que tenho a explicar? Fico uns dez minutos parada na varanda, olhando para o céu claro da noite, identifico as constelações da Ursa Maior e Menor, depois me dispo e volto a ficar deitada, de olhos abertos, na cama, ele ronca tranquilamente e eu sou tomada por uma espécie de anseio de estar num lugar totalmente diferente. Talvez até mesmo em seu quarto, junto com você. Mas entenda que isso só acontece comigo à noite quando estou deitada sem conseguir adormecer e sem entender o que aconteceu e por que, sentindo apenas, de repente, a urgência de uma proximidade com você. Por exemplo, eu gostaria de trabalhar com você na lavanderia. Só nós duas. Os dois bilhetes curtos que você me enviou eu guardo sempre comigo, no bolso, e várias vezes eu os abro e leio, e mais uma vez e outra ainda. Quero que você saiba o quanto eu prezo cada palavra que você me escreveu e também, mais do que isso, eu me pergunto o que será que você não me escreveu. As pessoas estão comentando sobre nós no kibutz, se admiram de Boaz, de mim dizem que eu simplesmente passei, me curvei e o tomei de você, e que para ele, Boaz, de qualquer maneira não faz muita diferença para que quarto ele vai depois do trabalho e em que cama ele dorme. Roni Shindlin piscou para mim perto do escritório da secretaria, riu e disse "E aí, Mona Lisa, águas tranquilas penetram fundo, não é?". Eu não lhe respondi e saí de lá envergonhada. Depois, no quarto, chorei. Eu agora choro de vez em quando à noite, depois que ele adormece, não por causa dele, mas por minha e por sua causa. Como se de repente tivesse acontecido a nós duas uma coisa ruim e feia que é impossível de ser corrigida. Às vezes eu pergunto a ele, O que é, Boaz? E ele diz: Nada. Eu me sinto atraída por essa secura: como se ele não tivesse nada, como se tivesse vindo direto de um deserto de solidão. E depois — mas por que estou lhe contando, ouvir isso deve magoar você, e não quero fazê-la sofrer mais, ao contrário, agora eu quero compartilhar de sua solidão, como quis por um momento tocar na solidão dele. Já é quase uma da manhã, ele dorme encolhido na cama como um feto, o cão está a seus pés e o gato está sentado aqui na mesa em que escrevo, e escrevo à luz de uma luminária encurvada, e o gato está acordado, acompanhando com seus olhos amarelos o movimento da minha mão que lhe escreve. Sei que não faz sentido, que preciso parar de escrever, que você nem vai ler e vai rasgar e jogar fora este bilhete que já se estende por quatro páginas, talvez pense que eu perdi o rumo, e talvez realmente tenha perdido. Vamos nos encontrar as duas e conversar? Não sobre a dieta de Boaz nem sobre os remédios que ele tem de tomar (e eu realmente me esforço para que ele não se esqueça de tomá-los. Eu me esforço, mas nem sempre consigo. Você bem que conhece essa teimosia dele que parece desprezo mas na verdade é mais indiferença do que desprezo, não é?). Poderíamos falar sobre coisas totalmente diferentes. Talvez, por exemplo, sobre as estações do ano, ou até sobre o céu tão cheio de estrelas nestas noites de verão: eu me interesso um pouco por estrelas e nebulosas. Quem sabe, por acaso, você também? Espero que você me responda, num bilhete, o que acha disso, Osnat. Duas palavras bastarão. Estou esperando. Ariela B.

A essa carta, que ficou esperando por ela no escaninho de correspondência, Osnat preferiu não responder. Ela a leu duas vezes, dobrou, guardou na gaveta e ficou por um breve momento na janela, em absoluto silêncio: três filhotes de gato estavam junto à cerca, um deles mordendo e tornando a morder levemente a pata, outro deitado e talvez dormitando, mas com as orelhas espetadas suspeitosamente para a frente, como se estivesse captando um ruído quase inaudível, e o terceiro perseguindo a própria cauda, mas, por ser ainda muito pequeno, às vezes tropeçando e rolando de costas, prazerosamente. Um vento suave está soprando, como se estivesse encarregado de esfriar um copo de chá. Osnat se afasta da janela e se senta, empertigada, no sofá, com as mãos nos joelhos e os olhos fechados. Logo virá o anoitecer, ela vai ouvir música ligeira no rádio e ler um livro. Depois vai se despir, dobrar cuidadosamente sua roupa de vestir à noite, deixar preparadas ao lado da cama as roupas de trabalho para a manhã seguinte, se lavar e deitar para dormir. Ela tem dormido essas noites um sono sem sonhos e sempre acorda ainda antes de o despertador tocar. Os pombos a despertam.

Entre amigos

Antes do amanhecer a primeira chuva começou a cair sobre as casas do kibutz e sobre os campos e pomares. Um cheiro fresco de terra molhada e de folhas que tinham sido lavadas da poeira encheu o ar. A chuva varria os telhados vermelhos e as coberturas de zinco e fazia barulho nas calhas. À primeira luz do dia pairava entre as casas o vapor de uma neblina rala e nas flores dos jardins do kibutz brilhavam gotas d'água. Um aspersor continuava, sem necessidade, a girar e a lançar jatos de água sobre um dos gramados. Velocípedes vermelhos molhados atravessavam, enviesados, a largura dos caminhos. De dentro das copas das árvores ornamentais se ouviam os cantos agudos e urgentes dos espantados passarinhos.

A chuva acordou Nahum Ashrov de um sono ruim. Durante alguns minutos, semidesperto, pareceu-lhe que alguém estava batendo na persiana da janela. Alguém tinha vindo avisá-lo de que algo acontecia lá fora. Ele se soergueu na cama e prestou muita atenção até perceber que a primeira chuva chegara. Ainda hoje iria até lá, faria Edna se sentar numa cadeira diante dele, olharia direto em seus olhos e falaria com ela. Sobre tudo. E, aliás, falaria também com David Dagan. Não ia deixar aquilo passar sem dizer nada.

Mas, na verdade, o que poderia dizer a ele? Ou a ela?

Nahum Ashrov era o eletricista do kibutz Ikhat, um viúvo com aproximadamente cinquenta anos de idade. Edna acabara lhe restando como única filha havia alguns anos, depois que Ishai, seu filho mais velho, morrera em uma das operações de represália do exército israelense. Era uma garota decidida, de olhos pretos, pele escura cor de azeitona, tinha completado na primavera dezessete anos, era aluna da última série do colégio kibutziano.* À tarde ela costumava vir do quarto no instituto educacional em que morava com mais duas garotas até ele, sentava-se diante dele na poltrona, abraçando os próprios ombros como se estivesse sempre com frio. Mesmo em pleno calor de verão ela abraçava os ombros. Quase toda tarde Edna passava cerca de uma hora com o pai, ele preparava café e um prato de frutas descascadas e fatiadas para os dois e ela conversava com ele em sua voz baixa sobre as notícias do rádio ou sobre seus estudos, se despedia e ia passar as horas vespertinas com seus amigos e amigas, ou talvez sem eles. À noite, ela e os jovens de sua idade dormiam no instituto educacional. Nahum nada sabia nem lhe perguntava sobre sua vida social e ela não falava espontaneamente sobre isso. Ele tinha a impressão de que os rapazes não se interessavam especialmente por ela, mas não tinha certeza e não se preocupou em averiguar. Certa vez ouviu algo sobre uma relação passageira entre ela e Dubi, o salva-vidas, depois o boato

---

* Em muitos kibutzim, as escolas de ensino médio (da 10ª à 12ª série) são internatos, nos quais as crianças estudam, trabalham, têm atividades esportivas e culturais etc. Muitas vezes um único "instituto educacional", como é chamado, é comum a mais de um kibutz.

arrefeceu. Ele e a filha não conversavam sobre si mesmos, a não ser nos aspectos mais superficiais. Por exemplo, Edna dizia:

"Você precisa ir à enfermaria. Não estou gostando dessa sua tosse."

Nahum dizia:

"Vamos ver. Talvez na semana que vem. Esta semana pretendemos instalar um gerador novo na incubadora dos pintinhos."

Às vezes conversavam sobre música, que os dois amavam, e às vezes não falavam nada, só punham um disco na velha vitrola e ouviam Schubert, os dois. Sobre a morte da mãe e do irmão de Edna não falavam nunca. Tampouco sobre as lembranças da infância e os planos para o futuro. Os dois concordavam tacitamente em não tocar em sentimentos e não tocar um no outro. Nem mesmo o mais leve toque, nem uma mão no ombro nem um dedo no braço. Ao sair Edna dizia da porta: "Até logo, pai. Lembre-se de ir à enfermaria. Amanhã ou depois eu volto aqui para vê-lo". E Nahum dizia: "Sim. venha. E se cuide. Até logo".

Dentro de alguns meses Edna deveria ir para o exército, junto com todos os seus colegas de classe, e já lhe tinham comunicado que fora escolhida para servir na unidade militar de informação, porque tinha estudado, por conta própria, a língua árabe. E eis que alguns dias antes da primeira chuva o kibutz Ikhat se surpreendeu com a notícia de que Edna Ashrov tinha levado todas as suas roupas e coisas do quarto que ocupava no instituto educacional e ido morar com David Dagan, professor e educador que tinha a mesma idade do pai dela. David Dagan era um dos primeiros membros do kibutz e um de seus dirigentes, um homem de fala fluente, corpo sólido e compacto, dono de ombros poderosos, pescoço curto, grosso e tendões salientes. Em seu bigode espesso, bem cuidado, já apareciam alguns fios brancos. Costumava ser irônico e assertivo quando discutia, em sua voz tranquila e grave. Quase todos nós aceitávamos sua autoridade em questões ideológicas e também da vida cotidiana, pois ele era dotado de um agudo senso de lógica e de uma irresistível capacidade de persuasão. Interrompia você no meio de uma frase, pondo a mão em seu ombro e dizendo, cordial e decididamente: Vamos, me dê um minuto, vamos juntos pôr ordem nas coisas. Era um marxista fervoroso, mas adorava ouvir preces judaicas entoadas por um *chazan*, um cantor de sinagoga. Todos esses anos David Dagan trabalhara como professor de história no instituto educacional. Trocava frequentemente de namorada e até teve seis filhos com quatro mulheres diferentes, do nosso kibutz e de dois kibutzim vizinhos.

David Dagan devia ter uns cinquenta anos e Edna, que fora aluna dele no ano anterior, tinha só dezessete. Não era de admirar que a fofoca em volta da mesa fixa de Roni Shindlin no refeitório estivesse em plena ebulição. Mencionaram Avishag, a Sunamita, mencionaram Lolita, e mencionaram o Barba-Azul. Ioske M. disse que essa coisa vergonhosa fazia estremecer as bases do instituto educacional, como era possível, um educador e sua jovem aluna, era preciso reunir urgentemente o comitê educacional. Ioshke discordou dele: com o amor não dá para discutir, nós aqui sempre defendemos a ideia de que o amor é livre. E Rivka R. disse: Como é que ela pôde fazer uma coisa dessas com o pai depois de tudo que ele já perdeu, é de cortar o coração, Nahum simplesmente não vai aguentar isso.

"Toda a nova geração de repente quer ir estudar na universidade", disse David Dagan em sua voz de baixo profundo, sentado à sua mesa no refeitório, "ninguém quer mais trabalhar no campo ou nos pomares." E acrescentou, num tom duro: "Precisamos estabelecer limites na questão dos estudos superiores. Alguém tem outra sugestão?".

Ninguém discutia com ele, mas o kibutz tinha pena de Nahum Ashrov. Por trás de Edna e de David Dagan diziam: Isso não vai acabar bem. E diziam: O comportamento dele é muito muito inaceitável. Ele sempre se comportou mal no que diz respeito a mulheres. E com ela estamos simplesmente perplexos.

Nahum se calava. Tinha a impressão de que todos os que cruzavam com ele nos caminhos do kibutz estavam ou admirados ou zombando dele: Mas como é que seduziram sua filha e você fica calado? Ele tentou, em vão, convocar em seu auxílio seus conceitos progressistas nas questões de amor e de liberdade. Seu coração se enchera de tristeza, constrangimento e vergonha. Toda manhã se levantava e ia para o almoxarifado de material elétrico, consertava luminárias e fogões, substituía tomadas antigas por novas, reparava acessórios com defeito e saía com uma escada comprida ao ombro e a caixa de ferramentas de trabalho na mão para puxar um novo fio elétrico até o jardim de infância. De manhã, ao meio-dia e à noite aparecia no refeitório, esperava calado na fila para se servir, punha sua refeição na bandeja e se sentava para comer em um dos cantos, frugalmente e em silêncio. Sempre se sentava no mesmo canto. As pessoas se dirigiam a ele com gentileza, como se falassem com um doente terminal, sem mencionar, nem mesmo por alusão, a sua doença, e ele lhes respondia com poucas palavras em sua voz baixa, monocórdia, um pouco rouca. Pensava consigo mesmo: Ainda hoje vou falar com ela. E com ele também. Pois se ela ainda é só uma menina.

Mas os dias iam passando. Um após outro Nahum Ashrov lá estava no almoxarifado de material elétrico, as costas encurvadas, os óculos escorregando nariz abaixo, trabalhando em aparelhos que os membros do kibutz lhe tinham levado para consertar: bules elétricos, aparelhos de rádio, ventiladores. Ele se dizia, repetidas vezes: Hoje depois do trabalho, sem falta, vou até lá. Vou falar com os dois. Vou entrar lá e dizer só uma ou duas frases, e depois segurar com força o braço de Edna e arrastá-la comigo para casa. Não para o quarto dela no instituto educacional, mas para cá, para casa. Mas que palavras podem ser usadas? Qual será a primeira frase a ser dita? Deveria se apresentar a eles espumando de raiva ou se controlar e tentar apelar para a lógica e os sentimentos de obrigação e de compromisso? E procurava e não achava dentro de si nem raiva nem reprimendas, somente dor e desapontamento. Porque os filhos mais velhos de David Dagan são alguns anos mais velhos que Edna e os dois já deram baixa do serviço militar obrigatório. Quem sabe em vez de ir até lá ele deveria falar com um dos filhos? Mas o que exatamente lhe diria?

Desde a infância Edna estivera mais próxima de Nahum do que de sua mãe. Essa proximidade quase não se expressava em palavras, mas numa certa compreensão mútua e profunda, que fazia com que Nahum sempre soubesse claramente o que precisava ou não perguntar a ela, quando ceder e quando se manter firme em sua posição. Desde a morte da mãe, Edna se encarregara de levar a roupa suja do pai para a lavanderia às segundas-feiras e de trazer, toda sexta-feira, o pacote de roupas limpas e passadas, ou de pregar um botão que faltava. Desde a morte de seu irmão ia quase diariamente à casa do pai à noitinha, ele fechava as cortinas, servia café e ela ficava com ele cerca de uma hora ou uma hora e quinze. Só conversavam um pouco, sobre os estudos dela e o trabalho dele. Às vezes falavam de algum livro. Ouviam música juntos. Descascavam e comiam uma fruta. Ao cabo de uma hora ela se levantava, levava as xícaras para a pia, mas deixava-as lá para que o pai lavasse, e ia para o instituto educacional. Nahum não sabia quase nada de sua vida social. Sabia que os professores estavam satisfeitos com ela e ele mesmo estava contente por ela estudar árabe por conta própria. Uma moça quieta, diziam dela no kibutz, não é cheia de caprichos como a mãe, mas dedicada e diligente como o pai. Pena que tenha cortado as tranças e adotado um penteado que chamamos *pony*, de cabelo curto com franjinha. Antes, com as tranças e uma risca no meio do cabelo, era muito parecida com uma pioneira da velha geração.

Uma vez, alguns meses antes, ao anoitecer, Nahum tinha ido procurá-la em seu quarto no instituto educacional para levar o suéter que ela tinha esquecido em sua casa. Encontrou-a sentada na cama na companhia de duas de suas amigas, cada uma também sentada em sua cama, as três tocando flauta doce e repetindo várias vezes o mesmo trecho, uma simples escala. Ao entrar, pediu desculpas às garotas por perturbá-las, pôs o suéter dobrado num canto da cama, limpou a mesa de um grão de poeira invisível, desculpou-se mais uma vez e saiu na ponta dos pés, para não atrapalhar. Do lado de fora ficou ainda uns cinco minutos sob a janela, no escuro, ouvindo as flautas, cuja melodia mudara: dessa vez era um *adagio* leve, prolongado, que se repetia tristemente, e ele sentiu de repente um aperto no coração. Voltou então para casa e se sentou, ouvindo rádio, até os olhos se fecharem. De noite, semidesperto, ouviu os uivos dos chacais chegarem bem perto, como se estivessem bem embaixo de sua janela.

Na terça-feira, ao voltar do trabalho, Nahum tomou um banho de chuveiro, vestiu calças cáqui bem passadas e uma blusa azul-clara, envolveu-se em seu casaco curto e surrado, que lhe dava o aspecto de um intelectual pobre do início do século passado, limpou os óculos com uma ponta do lenço e estava pronto para sair quando, no último minuto, se lembrou do livro de estudo de árabe que Edna deixara em seu quarto. Embrulhou o livro cuidadosamente num plástico meio transparente, acomodou-o debaixo do braço, pôs na cabeça um boné cinza e saiu de casa. Os sinais da chuva ainda eram visíveis nas pequenas poças e nas folhas das árvores, que estavam lavadas e cheirosas. Como não tinha pressa, tomou um caminho mais longo, fazendo uma volta pela casa das crianças. Ainda não sabia o que ia dizer à filha e o que poderia dizer a David Dagan, mas esperava que no momento do encontro algo lhe ocorresse. Por um segundo lhe pareceu que toda essa história entre Edna e David Dagan não tinha na verdade acontecido, a não ser na imaginação malévola de Roni Shindlin e dos outros fofoqueiros do kibutz, e que quando encontrasse David Dagan ia ver que ele estava, como sempre, tomando seu café da tarde com uma outra mulher, totalmente outra, uma de suas antigas mulheres, ou a professora Ziva, ou talvez uma nova, que ele, Nahum, nem conhece. Edna sequer estará lá e ele, da porta, simplesmente trocará algumas palavras com David sobre a situação, sobre o governo, declinará o convite a ficar mais um pouco para o café e uma partida de xadrez, irá apenas se despedir e seguir seu caminho, ou talvez vá até o quarto de Edna no instituto educacional, onde a encontrará lendo ou tocando flauta doce ou fazendo seus deveres de casa. Como sempre. E lhe devolverá o livro.

Os odores da terra molhada o acompanhavam por todo o caminho, junto com ecos distantes de cheiros de forragem fermentada de cascas de laranja e de esterco de vaca, vindos da área de produção e dos estábulos. Deteve-se diante do monumento aos membros do kibutz caídos em combate e viu o nome de seu filho, Ishai Ashrov, que morrera havia seis anos no ataque de nossas forças à aldeia Dir a Nashaf. Cada um dos onze nomes no monumento era formado de letras em relevo, esculpidas em cobre, e Ishai era o sétimo ou o oitavo da lista. Nahum se lembrou de como Ishai, quando era pequeno, chamava "ferida" de "fida" e em vez de "perna" dizia "péna". Ele estendeu a mão e passou as pontas dos dedos sobre as frias letras de cobre. Depois se virou e saiu dali, e ainda não sabia o que ia dizer, mas sentiu-se subitamente deprimido porque desde a juventude David Dagan ocupava um lugar cativo e caloroso em seu coração, e também porque depois do que acontecera ele não tinha sentido raiva, mas muito constrangimento, e principalmente decepção e tristeza. Quando se afastava do monumento, de repente, recomeçou a chover, não torrencialmente, mas num gotejar insistente e fino. Era uma chuva que lhe molhava o rosto e a testa e embaçava as lentes de seus óculos, e ele enfiou o livro embrulhado no plástico embaixo de seu casaco de estudante roto, apertando-o com o braço contra o peito. Nessa postura, parecia que tinha a mão sobre o coração, como se estivesse passando mal. Mas ninguém cruzou com ele no caminho para notar aquela mão pressionando o casaco. E quem sabe essa relação insólita entre Edna e David Dagan acaba por si mesma dentro de alguns dias? Ela vai se recompor e voltar à sua vida de antes? Ou David vai enjoar dela como costuma enjoar de seus amores depois de pouco tempo? Pois ela é uma moça jovem que ainda não teve nenhum namorado, a não ser, dizem, um caso que durou duas ou três semanas com Dubi, o salva-vidas que trabalha na piscina, enquanto David Dagan é conhecido entre nós como um homem que troca de mulheres e amantes o tempo todo.

Nahum Ashrov lembrou o início de sua amizade com David Dagan: nos primeiros anos depois da fundação do kibutz, todos moravam, tal era a penúria, em tendas fornecidas pela Agência Judaica e só os cinco bebês moravam no único barracão que lá existia. No jovem kibutz começou um debate ideológico sobre quem deveria dormir no barracão dos bebês, para atendê-los durante a noite: deveria haver um revezamento entre os pais dos bebês ou entre todos os membros do kibutz? Esse debate teve como origem uma divergência mais profunda entre dois conceitos: os bebês pertenciam, em princípio, aos pais ou a toda a comunidade do kibutz? David Dagan lutava pela segunda concepção, enquanto Nahum Ashrov defendia o direito natural dos pais. Por três noites, até uma hora da manhã, os membros do kibutz se confrontaram para determinar se a decisão se daria por votação aberta ou secreta. David Dagan liderou a luta pela votação aberta, enquanto Nahum Ashrov estava entre os que defendiam o voto secreto. Por fim decidiram formar uma comissão da qual participariam David e Nahum e mais três companheiras que ainda não eram mães. Na comissão se decidiu por maioria de votos que os bebês realmente são de todo o kibutz, mas que no revezamento para dormir no barracão participariam primeiro os pais. Bem no fundo, Nahum apreciou a posição ideologicamente agressiva e coerente de David Dagan, embora discordasse dele. Por sua vez, David valorizou a delicadeza e a paciência de Nahum e se admirou de que ele, por força de sua tranquila insistência, tivesse conseguido de fato suplantá-lo. Quando Ishai foi morto no ataque a Dir a Nashaf, David Dagan foi dormir algumas noites na casa de Nahum. Desde então tornaram-se amigos, todos esses anos, e se encontravam às vezes de tardinha para jogar xadrez e conversar sobre os princípios kibutzianos, tais como são e também como deveriam ser.

David Dagan morava num quarto de canto, junto a uma muralha de ciprestes, na extremidade do bloco C. Ele fora morar lá depois de abandonar sua quarta mulher e todos sabiam que a tinha abandonado por causa de seu relacionamento com Ziva, uma jovem professora da cidade que dormia no kibutz três noites por semana. Alguns dias antes cortara essa relação com Ziva porque Edna pegara suas coisas no quarto e fora morar com ele em sua nova casa. Outra pessoa em meu lugar, pensou Nahum Ashrov, talvez entrasse lá tempestuosamente, esbofeteasse David nas duas faces, a agarrasse pelo braço e a arrastasse para casa à força. Ou, ao contrário, entraria em silêncio e ficaria diante deles alquebrado e infeliz como se dissesse: Como é que vocês puderam fazer isso, como é que não se envergonham? Se envergonhar de quê? Nahum pergunta a si mesmo.

Enquanto isso permaneceu por mais alguns instantes sob a chuva fina, no caminho em frente à casa, apertando com o braço, de encontro ao coração, o livro que estava embaixo do casaco, os óculos embaçados e cobertos de gotículas de chuva. Um trovão passou na extremidade do céu e a chuva aumentou. Nahum se deteve sob o toldo na entrada da casa e esperou. Ainda não tinha ideia do que ia dizer quando David lhe abrisse a porta. E se fosse Edna? O pequeno jardim de David Dagan estava desleixado, espinheiros e ervas cresciam soltos e nos espinheiros se agarravam muitos caracóis brancos. No peitoril da janela havia três vasos de plantas e em um deles um gerânio murcho. De dentro da casa não vinha som algum, como se estivesse abandonada. Nahum limpou as solas dos sapatos no tapete junto à porta, tirou um lenço amarrotado do bolso e enxugou as lentes dos óculos, devolveu o lenço ao bolso e bateu à porta duas vezes.

"É você", disse David calorosamente, puxando Nahum para dentro, "que bom. Venha, entre. Não fique aí fora. Está chovendo. Já há alguns dias estou esperando você. Eu não tinha dúvida de que você viria até nós. Precisamos conversar. Edna", ele chamou, na direção do quarto interior, "prepare um café para o seu pai. Seu pai finalmente veio nos ver. Tire o casaco, Nahum. Sente-se. Se aqueça. Edna já estava com medo de que você estivesse zangado conosco, e eu lhe disse: Você vai ver que ele virá. Há meia hora, em sua homenagem, acendemos o aquecedor. O inverno chegou de uma só vez, não? Onde a chuva pegou você?"

E pousando seus grandes dedos na manga do casaco de Nahum, disse:

"Nós realmente precisamos conversar sobre essa coisa irritante de os jovens que saem do exército quererem de repente ir logo para a universidade em vez de trabalhar. Talvez seja preciso estabelecer na assembleia-geral que todo rapaz e toda moça, depois de voltarem do exército, vão trabalhar pelo menos três anos nos vários setores de atividade do kibutz. E só depois dos três anos poderão apresentar petição para estudos superiores. O que você acha, Nahum?"

Nahum disse numa voz abafada:

"Mas não entendo como…"

David o interrompeu, pôs a sua larga mão no ombro dele e disse:

"Dê-me um minuto para pôr ordem nas coisas. Não sou contra estudos universitários. Quando vier o dia, não vou me opor a que toda a nova geração tenha títulos acadêmicos. Pelo contrário: que algum dia todo aquele que trabalha em nossos estábulos seja um doutor em filosofia. Por que não? Mas de maneira alguma em detrimento do trabalho obrigatório, seja no redil, seja nos campos."

Nahum hesitou. Ainda vestia seu casaco molhado e roto, a mão esquerda ainda estava apertada contra o peito para não deixar cair o livro que protegia seu coração. Por fim sentou-se sem tirar o casaco e sem largar o livro. David deu uma risadinha e disse:

"Você provavelmente discorda de mim, Nahum? Será que houve alguma vez, em todos esses anos, algum assunto em que você não discordou de mim? E assim mesmo sempre continuamos amigos."

De repente Nahum odiou o bigode espesso, bem cuidado de David Dagan, onde já apareciam alguns fios brancos, e odiou seu costume de interrompê-lo no meio do que estava dizendo e de pedir só um minuto para pôr ordem nas coisas. Ele disse:

"Mas ela é sua aluna."

"Não mais", David cortou com seu tom autoritário, "e dentro de alguns meses ela vai ser uma soldada. Venha cá, Edna. Diga por favor a seu pai que ninguém raptou você."

Edna entrou no quarto vestindo uma calça de veludo cotelê marrom e um suéter azul muito grande para ela. Seus cabelos pretos estavam presos numa fita clara. Trazia uma bandeja com duas xícaras de café, um açucareiro e um bule pequeno de leite. Ela se curvou, depositou tudo sobre a mesa e ficou de pé um pouco afastada dos dois homens, abraçando os ombros como se aqui também sentisse frio, apesar do aquecedor a querosene e de sua linda chama azul. Nahum olhou de relance para ela e logo afastou os olhos e enrubesceu, como se a tivesse flagrado seminua. Ela disse:

"Tem biscoitos também."

Depois, com atraso, acrescentou, ainda de pé, em sua voz suave e tranquila:

"*Shalom*, pai."

Nahum não achou em seu coração nem raiva nem censura, só uma saudade pungente dessa menina, como se ela não estivesse aqui no quarto a uma distância de três passos dele, mas tivesse ido embora para um lugar distante e estranho. Ele disse timidamente, com um sinal de interrogação no fim da frase:

"Vim para levar você para casa?"

David Dagan pôs a mão por trás da cabeça de Edna, acariciou suas costas, brincou um pouco com seus cabelos e disse com satisfação:

"Edna não é um bule. Não é uma coisa que se pega e se põe em algum lugar. Correto, Edna?"

Ela não disse nada. Continuou de pé junto ao aquecedor, os braços em torno dos ombros, ignorando os dedos de David Dagan que lhe acariciavam os cabelos, olhando a chuva na janela. Nahum ergueu os olhos para ela. Ela lhe pareceu tranquila e concentrada, como se estivesse pensando em coisas completamente diferentes. Como que se alheando de ter de escolher entre esses dois homens, trinta anos mais velhos que ela. Ou como se essa escolha quase não lhe dissesse respeito. Só se ouvia o rumor das rajadas de chuva nas vidraças e do jorrar hesitante das águas nas calhas. No aquecedor ardia um fogo agradável e de vez em quando se ouvia o som do borbulhar do querosene no tubo interno. Por que você veio aqui, Nahum se perguntou mentalmente, será que você realmente estava pensando que ia matar o dragão e libertar a princesa que ele abduziu? Você devia simplesmente continuar sentado em casa e esperar tranquilo ela vir até você. Porque ela só substituiu a figura de um pai fraco pela de um forte e agressivo. Mas a força desse pai vai rapidamente começar a pesar sobre ela. E aqui na casa dele, como na minha, ela faz o café e leva a roupa suja para a lavanderia e traz a roupa limpa e passada. Com certeza tudo isso vai se esgotar por si mesmo. Se você não tivesse se precipitado e vindo até aqui nessa chuva, se apenas tivesse tido o bom senso de ficar sentado quietinho em casa esperando por ela, cedo ou tarde ela voltaria para você, fosse para explicar o que fizera fosse porque esse amor estaria terminado. O amor é uma espécie de infecção: agarra à gente e depois solta.

David disse:

"Vamos, me dê um minuto, vamos juntos pôr ordem nas coisas. Você e eu, Nahum, sempre fomos ligados um ao outro por laços de camaradagem e de amizade, apesar das eternas divergências quanto aos caminhos do kibutz. E eis que a partir de agora há entre nós uma ligação ainda mais forte. Isso é tudo. Não aconteceu nada. Essa ideia de exigir três anos de trabalho antes dos estudos, eu pretendo levar no sábado à noite à assembleia-geral. Você provavelmente não vai me apoiar, mas no fundo do coração você sabe muito bem que também desta vez eu tenho razão. Ao menos não tente me impedir de mobilizar uma maioria de votos na assembleia. Beba o café, ele está esfriando."

Edna disse:

"Não vá embora. Espere a chuva passar, pai."

E depois disse:

"Não se preocupe comigo. Estou bem aqui."

Nahum resolveu não responder a nada disso. Ele ignorou o café que sua filha lhe servira. Arrependia-se de ter vindo. O que afinal você queria? Vencer o amor? A luz da luminária refletiu nas lentes de seus óculos numa fugaz cintilação. O amor lhe pareceu de repente mais uma das atribulações da vida ante as quais você tem de inclinar a cabeça e se segurar até que o furor passe. E dentro de um instante com certeza David vai começar a discursar sobre o governo ou sobre os benefícios da chuva. Uma rara ousadia, que por poucas vezes o sofrimento faz emergir das profundezas dos homens amenos, deu à voz de Nahum Ashrov certo tom estridente e amargo:

"Mas como é possível?"

E com isso levantou-se bruscamente, extraiu do fundo de seu casaco surrado o livro de estudo de árabe para alunos adiantados, fez menção de jogar o livro sobre a mesa de modo a fazer tilintar as colheres dentro das xícaras, mas no último segundo conteve o movimento da mão e depositou-o sobre a mesa suavemente, como se tomasse o cuidado de não danificar o livro, a mesa coberta com oleado ou as xícaras sobre ela. Tateou seu caminho até a porta, virou-se para trás, viu a filha de pé olhando para ele com tristeza, os braços cingindo os ombros, e seu melhor amigo sentado, as pernas cruzadas, o bigode aparado com precisão e já com manchas grisalhas, as mãos fortes circundando a xícara, o rosto irradiando uma mistura de comiseração, leniência e ironia. Nahum jogou a cabeça para a frente e foi para a porta como se pretendesse cabeceá-la. Mas não bateu a porta ao sair, fechou-a com muita delicadeza, como se tivesse medo de magoar a porta ou seus umbrais, pôs o boné na cabeça e o baixou até quase os olhos, levantou a gola do casaco e desceu para o caminho molhado que leva, por um aclive, a um bosque de pinheiros. As lentes dos óculos se cobriram instantaneamente de gotas de chuva. Ele fechou o botão superior do casaco e apertou a mão contra o peito, como se ainda estivesse abraçando o livro sob o casaco. E enquanto isso já escurecera.

Pai

Moshe Iashar, um rapaz de uns dezesseis anos, magro, alto, triste e de óculos, no intervalo das dez horas foi procurar o educador David Dagan e pediu licença para viajar depois das aulas e do trabalho para visitar seu pai. Ele tencionava pernoitar na casa de familiares em Or Iehudá e acordar às quatro e meia da manhã para voltar ao kibutz no primeiro ônibus, ainda antes do início das aulas.

David Dagan pôs a mão no ombro do rapaz, afagou-o e lhe disse calorosamente: "Essas suas viagens para ver seus parentes afastam você de nós. E você já é quase um de nós".

Moshe disse:

"Ele é meu pai."

David Dagan meditou um instante, assentiu com a cabeça duas vezes como se concordasse consigo mesmo e perguntou:

"Diga-me, você já aprendeu a nadar?"

O rapaz respondeu, baixando o olhar e fitando as sandálias, que já sabia nadar um pouco. O educador disse:

"E pare de cortar o cabelo tão curto. Com esses pelos mal

apontando na cabeça você parece um refugiado, já é tempo de ter uma cabeleira, como todos os rapazes." Depois de breve hesitação, acrescentou amistosamente:

"Está bem. Viaje. Com a condição de que volte amanhã ainda antes da primeira aula. E lembre-se quando estiver lá de que você já é um de nós."

Moshe Iashar estudava e se educava conosco, no instituto educacional, na qualidade de externo, mas num regime de internato. Uma assistente social o trouxera até nós: sua mãe falecera quando tinha sete anos de idade, seu pai ficou doente e o tio Sami de Guiv'at Olga se encarregou de cuidar das crianças. Depois de alguns anos, quando esse tio adoeceu também, o Ministério da Assistência Social decidiu distribuir as crianças entre alguns institutos educacionais de kibutzim. Moshe chegou ao kibutz Ikhat no início do ano letivo, vestindo uma blusa branca sem bolsos, abotoada até o pescoço, e usando uma boina preta. Rapidamente aprendeu a andar como nós, descalço, de calças curtas e camiseta. Nós o inscrevemos no grupo de estudos de arte e no de problemas da atualidade, e como era flexível e alto também achou seu lugar na quadra de basquete. Mas restou nele alguma estranheza: quando saíamos à noite para assaltar a despensa e arranjar algumas provisões para um lauto jantar, ele não se juntava a nós. Quando íamos todos, depois das aulas e do trabalho, passar as horas vespertinas nas casas de nossos pais, Moshe ficava sozinho no quarto fazendo os deveres de casa, ou num canto da sala que servia de clube, os óculos escorregando pelo nariz, lendo todos os jornais pela ordem, coluna por coluna. E quando ficávamos deitados no gramado à luz das estrelas cantando canções cheias de nostalgia, ele era o único que não repousava a cabeça nos joelhos de uma das meninas. No início nós o chamávamos de ET e zombávamos de sua timidez, mas algumas semanas após sua chegada paramos de provocá-lo por causa de sua estranheza, que era uma estranheza tranquila e contida. Se o ofendiam, Moshe Iashar erguia o olhar para o ofensor e o fitava nos olhos. Às vezes declarava numa voz serena: "Você está me ofendendo". Mas não guardava rancor e estava sempre pronto a ajudar a todos em qualquer tarefa: pendurar, arrastar, transportar. Também ajudava de bom grado os que o ofendiam, se lhe pedissem. Depois de alguns meses o termo "ET" deixou de ser usado e as meninas começaram a chamá-lo de Moshik. Havia uma delicadeza especial em sua forma de tratar as meninas, delicadeza que contrastava com a gaiatice áspera, divertida, com que nos relacionávamos com nossas garotas. Moshe falava com elas como se o próprio fato de serem garotas constituísse para ele uma maravilha.

O dia de aula começava às sete da manhã e ia até uma da tarde. À uma almoçávamos no refeitório do instituto educacional, íamos vestir roupas de trabalho e das duas às quatro, diariamente, nos distribuíamos pelos vários setores do kibutz. Moshe trabalhava no de avicultura e nunca pediu, como faziam muitos de nós, para passar de um setor para outro. Aprendeu rapidamente a distribuir a ração nas manjedouras, recolher os ovos nas prateleiras ao longo das gaiolas das poedeiras e arrumá-los em filas nas cartelas de papelão, regular a temperatura na chocadeira e alimentar os pintinhos e até injetar vacinas. Os veteranos que trabalhavam na avicultura, Shraga Szupac e Tsachke Honig, estavam muito satisfeitos com ele. Era um trabalhador ágil e diligente, calado e preciso, nunca quebrou um ovo sequer, não esquecia de espalhar serragem limpa nas incubadeiras, não chegava atrasado ao trabalho e não faltava por doença ou por qualquer outro motivo.

David Dagan disse à professora Rivka Rikover:

"Sim. Eu lhe dei licença para viajar e fazer uma visita familiar hoje, depois das horas de trabalho, até amanhã antes do início das aulas. Apesar de não ser muito a favor dessa viagem."

Rivka disse:

"É preciso incentivá-lo a se desligar. Lá eles o puxam para trás, fazem-no regredir."

David disse:

"Quando viemos para este país, simplesmente deixamos os pais para trás. Cortamos na carne viva, e pronto."

Rivka disse:

"Esse menino é um material humano excelente: quieto, diligente, sociável."

David disse:

"De modo geral, sou muito otimista em relação aos judeus orientais. Vamos ter de investir muito neles, mas é um investimento que vai valer a pena. Dentro de uma ou duas gerações eles serão exatamente como nós."

Depois de receber de David Dagan permissão para viajar, Moshe se apressou em ir para seu quarto, que dividia com Tamir e com Dror, e antes de terminar o intervalo das dez horas já tinha preparado um pequeno embornal para a viagem, com roupa de baixo, meias, uma blusa para trocar, escova e pasta de dentes, *A peste* de Camus e a sua velha boina preta, que estava enfiada embaixo da sua pilha de roupas no compartimento da esquerda do armário, que ficava embaixo do de Tamir.

Depois do intervalo o educador David Dagan entrou na classe e deu uma aula de história. Ele discorreu sobre a Revolução Francesa, detendo-se especialmente na análise de Karl Marx sobre ela, como um sinal do que estava por vir e como uma primeira etapa no processo histórico necessário e inevitável em cujo desfecho surgiria uma sociedade sem classes. Guid'on, Lilach e Carmela fizeram a David Dagan perguntas às quais o educador respondeu ampla e peremptoriamente: Deem-me só um minuto, ele disse, vamos pôr um pouco de ordem nas coisas.

Moshe limpou as lentes dos óculos, anotou tudo no caderno, pois era um aluno estudioso, mas evitou fazer perguntas. Algumas semanas antes, tinha lido na biblioteca do instituto educacional alguns capítulos do livro *O capital*, e não gostara de Karl Marx: era como se houvesse um ponto de exclamação depois de cada frase, e esses muitos pontos de exclamação lhe provocaram repulsa. Marx alegava, assim pareceu a Moshe, que as leis da economia, da sociedade e da história não eram menos claras e sólidas que as leis da natureza. E Moshe tinha certa hesitação até mesmo no que tangia à solidez das leis da natureza.

Quando Lilach observou que o progresso justifica e até implica obrigatoriamente sacrifícios, o educador concordou com ela e acrescentou que a história não é de maneira alguma uma festa num jardim. Moshe tinha uma íntima aversão por derramamentos de sangue, além de uma ligeira aversão por festas em jardins. Não que alguma vez tivesse estado numa festa num jardim, mas dizia consigo mesmo que na verdade não queria estar. Passava suas horas livres lendo na biblioteca deserta, quando seus colegas de classe iam ficar com os pais. Entre outros livros, leu a tradução de um romance chamado *We Die Alone*, Morremos sós, de David Howarth. A partir do que lia nos livros ia chegando cada vez mais à simples conclusão de que a maioria das pessoas necessita de mais afeto do que aquele que podem obter. Foi com esses pensamentos que passou a aula sobre a Revolução Francesa. Depois do intervalo ainda houve uma aula de trigonometria e uma de agricultura teórica, e ao fim dessas duas aulas nos precipitamos todos da sala para os quartos, para vestir as roupas de trabalho, e corremos para o refeitório.

No almoço serviram bolinho de espinafre com purê de batata, pepino em conserva e cenoura cozida. Como estávamos famintos, comemos também uma fatia de pão e repetimos o purê. Em cada mesa havia um jarro de metal cheio de água gelada, e cada um bebeu um ou dois copos, tamanho era o calor. As moscas zumbiam em torno de nossas cabeças e do teto do refeitório pendiam e giravam grandes e empoeirados ventiladores. Para fechar a refeição ganhamos uma compota de frutas cozidas. Depois recolhemos os pratos e talheres das mesas e os levamos à janela que dava para as pias, e cada um foi para seu lugar de trabalho, Tamir para a oficina, Dror para os campos de cultivo de forragem, Carmela para o berçário e Lilach para a lavanderia.

Moshe, em suas roupas de trabalho empoeiradas e seus sapatos fedendo a esterco de galinha, atravessou a alameda de ciprestes, passou por dois barracões de madeira abandonados e um telheiro de zinco e chegou ao galinheiro principal, o maior deles. Já à distância envolveram-no os cheiros do galinheiro, o fedor de excremento de aves, da poeira da ração, das penas que se soltavam e ficavam presas nas grades das gaiolas e ainda um cheiro indefinido de aperto e sufocamento. Já o esperava a encarregada da avicultura, Tsachke Honig, sentada num banquinho e classificando cartelas cheias de ovos por tamanho, tipo A e tipo B. Moshe perguntou a Tsachke como ela ia, depois lhe contou que hoje, logo depois do trabalho, ia viajar no ônibus das quatro para visitar seu pai. Tsachke observou que ela, num certo momento, simplesmente se levantou um dia e fugiu de casa para imigrar para Erets Israel* e ir para o kibutz, e assim, na verdade, nunca tinha se despedido dos pais. Os nazistas os assassinaram na Lituânia. "Onde mora essa sua família?", Tsachke perguntou a Moshe. "O quê, eles vivem em algum acampamento provisório de imigrantes?"

Moshe disse, numa voz baixa e monocórdia, como sempre dizia a quem lhe perguntasse, que sua mãe tinha morrido, o pai estava doente e o tio também, por isso ele e os irmãos tinham

---

* *Erets Israel*, Terra de Israel, era como os judeus se referiam à Palestina antes do estabelecimento do Estado de Israel.

sido enviados a diferentes kibutzim para serem educados. Enquanto conversavam ele posicionou o carrinho embaixo do grande funil do tanque de ração e o encheu, até sua capacidade máxima, de ração para aves. Empurrou-o e o fez rolar na calçada de cimento compactado entre as duas fileiras de baterias de gaiolas, avançando e enchendo as manjedouras de ração. Embaixo das gaiolas onde se apertavam as galinhas havia montes de esterco. Aqui e ali, numa ou noutra gaiola, achava uma ave morta; abria a gaiola e puxava o animal para fora, pondo-o delicadamente atrás dele, sobre o caminho de cimento. Quando terminasse de distribuir a ração em todas as manjedouras passaria por lá mais uma vez e recolheria as aves mortas. Um rumor baixo e denso enchia o espaço, como se as galinhas, presas duas a duas em gaiolas apertadas, estivessem entoando alguma elegia surda, perdida e insistente. Só de vez em quando irrompia de uma das gaiolas um grito de terror, alto e agudo, como se alguma ave de repente adivinhasse de que modo tudo aquilo ia terminar. E veja-se que não há nem nunca houve duas galinhas que fossem exatamente iguais uma à outra. Para nós elas parecem ser todas a mesma coisa, e na verdade diferem uma da outra tanto quanto os homens ou as mulheres diferem entre si, e desde a criação do mundo ainda não nasceram duas criaturas exatamente iguais. Intimamente, Moshe já decidira tornar-se um dia vegetariano, ou até mesmo naturista, mas postergava a concretização dessa decisão porque não seria fácil ser naturista na comunidade de jovens do kibutz. Mesmo sem ser vegetariano ele tinha de se esforçar dia e noite para não ser diferente dos outros. Se conter. Fingir. Ele pensou na crueldade que havia no ato de comer carne, e na sina dessas galinhas, condenadas a passar toda a sua vida em gaiolas gradeadas com arame, espremidas e apertadas uma na outra para porem seus ovos, duas a duas, naqueles compactos compartimentos, sem poderem se mover em seu lugar nem mesmo um passo, por todos os dias de suas vidas. Um dia ainda haverá no mundo uma geração, pensou Moshe, que nos chamará a todos de assassinos e não compreenderá como pudemos comer a carne de criaturas como nós, de quem confiscamos o contato com a terra e o cheiro do verde, para fazê-las brotar em chocadeiras automáticas, para criá-las em gaiolas apertadas, para alimentá-las e abarrotá-las até enjoar, para roubar-lhes todos os ovos antes de elas os chocarem, e por fim para cortar-lhes a garganta, depená-las, arrancar-lhes os membros e os órgãos e nos empanturrar e salivar e lamber a gordura. Já havia alguns meses que Moshe tramava abrir um dia uma das gaiolas às ocultas, tirar uma galinha, só uma, e guardá-la embaixo da blusa para escondê-la dos olhos atentos de Tsachke e de Shraga e libertá-la do lado de fora da cerca do kibutz. Mas o que faria uma ave abandonada na amplidão dos campos? À noite viriam os chacais e a fariam em pedaços.

De repente se encheu de repulsa por si mesmo, um estado de espírito que o acometia frequentemente, por muitas e diversas razões. Depois sentiu repulsa por esse sentimento de repulsa e zombou intimamente de si mesmo, usando o termo "bonzinho", que o educador David Dagan às vezes atribuía ironicamente aos que rejeitavam a necessária crueldade da revolução. Moshe respeitava David Dagan, que era um homem de princípios e de opiniões categóricas e que estendia sua proteção paternal a ele e a todos os educandos do instituto. Foi David Dagan quem cuidou de sua absorção no kibutz Ikhat e o orientou delicada e energicamente a se adaptar e se tornar rapidamente um membro do grupo. Foi ele quem o fez entrar no grupo de estudos de arte e no de problemas da atualidade e foi ele também quem o defendeu com energia e fúria das zombarias de que fora alvo nas primeiras semanas. Moshe sabia, como todos nós, que David estava vivendo agora com uma garota muito jovem, Edna

Ashrov, filha de Nahum, o eletricista. Muitas mulheres tinham passado pela vida de David, e Moshe se espantava com isso e dizia para si que afinal de contas David Dagan não era um homem comum, como nós, mas um pensador. Ele não submetia David a um julgamento interior porque não gostava de julgar outras pessoas e porque era grato a seu educador. Mas havia nele uma contida perplexidade. Mais de uma vez se pusera em pensamento no lugar de David Dagan, mas de maneira alguma conseguira conceber para si mesmo a leviandade senhorial do educador em tudo que dizia respeito a mulheres e garotas. Nenhuma revolução social é justa, pensava consigo, nem mesmo a revolução cruel e final de que David sempre fala poderá trazer igualdade entre pessoas como David — atrás de quem as mulheres vão sem que ele faça qualquer esforço — e alguém como eu, que não se atreve nem na imaginação.

O fato é que Moshe Iashar sonhava às vezes com o sorriso tímido de uma menina de sua turma, Carmela Nevo, e com seus dedos tocando na flauta doce tristes canções sentimentais, de cortar o coração, mas nunca tinha ousado se aproximar dela, nem com palavras e quase nem mesmo com um olhar. Na classe ela se sentava duas carteiras a sua frente e ele podia ver de longe a curva de seu pescoço esguio quando ela se debruçava sobre os cadernos e o cabelo fino e macio a lhe cair sobre a nuca. Uma vez Carmela ficara de pé entre a luz e a parede, conversando com uma das outras garotas, e ele passara e acariciara sua sombra com a ponta dos dedos. Depois de fazer isso, ficou deitado desperto metade da noite, sem conseguir adormecer.

Tsachke, a responsável pelo galinheiro, disse:

"Depois de regular o termostato na chocadeira, verificar se a água está correndo nos bebedouros, alimentar os pintinhos e pôr todas as cartelas com ovos na geladeira, você pode ir. Eu vou preencher o resumo diário em seu lugar. Estou liberando você quinze minutos antes da hora, para você poder tomar banho, trocar de roupa e pegar o ônibus das quatro."

Moshe recolheu os corpos das aves mortas das baterias de gaiolas, levou-os para fora, para o tonel em que seriam queimados, e disse a Tsachke:

"Obrigado."

E acrescentou:

"Volto amanhã de manhã. Amanhã à tarde devolverei os quinze minutos de trabalho."

Tsachke disse:

"O importante é você mostrar a eles que já é um kibutznik em todos os sentidos."

Sozinho no chuveiro, ele cuidou de tirar meticulosamente com sabonete os odores do galinheiro, enxugou-se e vestiu calças compridas passadas e uma blusa de sábado branca, cujas mangas dobrou acima dos cotovelos. Do chuveiro foi para o quarto apanhar a mochila que tinha preparado ainda no intervalo das dez e se pôs a caminho com pressa, cruzando os gramados na diagonal e passando pelos canteiros ornamentais. Tzvi Provizor, o jardineiro e paisagista, estava de joelhos arrancando raízes de capim-de-burro de um dos canteiros. Ele ergueu a cabeça e perguntou a Moshe para onde estava viajando. Moshe teve a intenção de dizer que estava indo visitar seu pai no hospital, mas em vez disso disse apenas:

"Para a cidade."

Tzvi Provizor perguntou:

"Por quê? O que tem lá que não tem aqui?"

Moshe ficou calado, mas pensou em responder:

"Estranhos."

Na estação rodoviária, quando desceu do ônibus do kibutz

Ikhat e subiu no ônibus para o hospital, Moshe preferiu sentar atrás, no último banco. Tirou da mochila sua boina preta surrada e a enfiou na cabeça, cobrindo metade da testa. Abotoou a camisa até em cima e desenrolou as mangas até os punhos. E com isso, de uma vez só, voltou a ter quase o mesmo aspecto que tinha no dia em que a assistente social o levara ao kibutz Ikhat. Ainda calçava as sandálias de verão que lhe tinham dado no kibutz, mas tinha quase certeza de que seu pai não notaria. Restavam muito poucas coisas que seu pai ainda era capaz de notar. O ônibus se arrastou pelas ruelas em torno da estação rodoviária e pelas janelas abertas entraram odores de frituras tostadas e de combustível queimado. Moshe pensou nas garotas de sua turma no kibutz que tinham começado a chamá-lo de Moshik. Apesar dos achaques e das zombarias que sofrera nas primeiras semanas após sua chegada, Moshe achava que sua vida na comunidade juvenil do instituto educacional era boa. Gostava de estudar numa classe em que lhes era permitido ficar descalços nos dias de verão e discutir com os professores sem qualquer formalidade de respeito à autoridade ou de submissão. Ele gostava da quadra de basquete. Gostava também das reuniões vespertinas dos grupos de estudos, o de problemas da atualidade e o de arte, em que eram discutidos temas adultos e a realidade se apresentava em geral da maneira como era vista por dois campos distintos: o do progresso e o do mundo antigo. Moshe sabia muito bem que ele ainda pertencia um pouco ao mundo antigo, porque nem sempre aceitava bem as ideias progressistas, mas não discutia e ouvia atentamente todos os conceitos, estudando tudo diligentemente. Nas horas livres lia os livros de Dostoiévski, de Camus e de Kafka, que pegava emprestados na biblioteca, e nesses livros encontrava certo enigma que lhe tocava o espírito. As coisas não resolvidas o atraíam mais do que as fórmulas de solução. Mas dizia para si mesmo que talvez tudo isso ainda fizesse parte do processo de adaptação e que dentro de alguns meses já teria aprendido a ver o mundo da maneira que o educador David Dagan e os outros professores nos instavam a ver. Como é bom ser como um deles. Moshe tinha inveja da naturalidade com que os garotos repousavam a cabeça no colo das garotas quando deitavam antes do anoitecer no gramado central e cantavam canções de trabalho e da pátria.* Até completarem doze anos, assim lhe contaram, as meninas e os meninos se banhavam despidos e juntos. Um arrepio de entusiasmo e de temor percorreu suas costas quando lhe contaram isso. Todos os dias, Tamir e Dror e os outros garotos tinham visto Carmela Nevo nua e com certeza ficavam indiferentes ao que viam, enquanto, para ele, só pensar na curva do pescoço dela e no cabelo macio e fino em sua nuca já o fazia estremecer de desejo e vergonha. Será que um dia ele realmente se tornaria igual a eles? Ansiava por esse dia e também o temia, e também sabia que, subjazendo a tudo que viesse a saber, isso nunca aconteceria.

O ônibus já tinha saído de Tel Aviv e atravessava subúrbio por subúrbio, parando em todos os pontos, onde desciam e subiam passageiros, homens de aspecto amargurado que falavam romeno, árabe, ídiche e húngaro, alguns deles trazendo consigo para o ônibus galinhas vivas ou grandes trouxas envoltas em cobertores rotos e malas velhas amarradas e reforçadas com cordas. Às vezes irrompiam gritos e empurra-empurra, o motorista repreendia os passageiros e os passageiros xingavam o motorista. Em certo momento o motorista parou o ônibus no acostamento

---

* Nos anos que antecederam e sucederam ao estabelecimento do Estado de Israel, as canções populares tinham caráter de louvor à redenção da terra, evocação de aspirações nacionais e sociais e valorização do trabalho e da construção de um país.

entre dois bairros, desceu, ficou de pé de costas para o ônibus e urinou no mato. Depois subiu, deu a partida e uma fumaça escura fedendo a óleo diesel encheu o ar. A atmosfera estava quente e úmida e os passageiros, banhados em suor. A viagem se estendeu por muito tempo, ainda mais do que o trecho do kibutz Ikhat até Tel Aviv, porque o ônibus ficava dando voltas dentro dos bairros, dos subúrbios e do acampamento para novos imigrantes. Entre um bairro e outro havia pomares de cítricos e campos de espinheiros. Nas margens da estrada cresciam ciprestes cobertos de poeira ou eucaliptos com seus troncos a descascar. Finalmente, quando a luz do dia já ia se atenuando, Moshe se levantou de seu lugar no banco traseiro, puxou a cordinha para sinalizar que queria descer, esgueirou-se, comprimido, e desceu do ônibus no cruzamento com uma estrada de terra que levava até o hospital.

No instante em que desceu do ônibus Moshe viu um cãozinho pequeno, de raça mestiça, marrom-acinzentado com uma mancha branca na cabeça. Esse cãozinho correu enviesado de entre os arbustos até a estrada, que tentou atravessar justamente quando o ônibus começou a se mover. A roda da frente não o pegou por pouco, mas a roda traseira atingiu e esmagou a criatura, que não teve tempo de soltar um ganido sequer. Ouviu-se um leve som de pancada, de atrito, e o ônibus seguiu seu caminho. Sobre a estrada rachada ficou o corpo do pequeno cão, que ainda estrebuchava e se debatia em fortes estertores, a cabeça se erguendo repetidas vezes e repetidas vezes caindo de novo sobre o asfalto duro, as patas se agitando convulsivamente e um jato de sangue escuro jorrando de sua boca aberta, que deixava à mostra seus dentes pequenos e brilhantes, e um outro jato de sangue esguichando de dentro de seu traseiro. Moshe correu e se ajoelhou na estrada para abraçar a cabeça do cão, até que seus espasmos cessaram e os olhos abertos vidraram. Moshe Iashar se ergueu, recolhendo e levando nos braços aquele pequeno cadáver, ainda morno, para que outros veículos não o esmagassem ainda mais, e depositou o cãozinho morto aos pés de um eucalipto pintado com cal branca que crescia junto ao cruzamento. Limpou as mãos com um punhado de areia, mas não podia apagar as manchas de sangue em suas calças e em sua blusa branca de sábado. Ele sabia que seu pai com certeza não perceberia. Restavam muito poucas coisas que seu pai ainda percebia. Moshe ainda ficou lá por um minuto, sacou um lenço e tirou a umidade das lentes dos óculos, hesitou um pouco, mas, como a tarde já se transformava em noite, virou-se e apressou os passos, quase correndo, ao longo do caminho de terra.

O hospital ficava a uma distância de vinte minutos de caminhada na estrada e era cercado por um muro de blocos sem revestimento, em cima do qual se estendia uma espiral de arame farpado. Enquanto estava a caminho, o sangue em suas roupas coagulou, deixando manchas cor de ferrugem.

No portão havia um guarda, gordo e suado, usando um solidéu, e ele bloqueou a passagem com seu corpo avantajado e disse a Moshe que o horário de visita já tinha terminado fazia tempo, que ele fosse embora e voltasse no dia seguinte. Moshe, que ainda tinha lágrimas nos olhos pela morte do cão, tentou explicar que tinha vindo especialmente do kibutz Ikhat para visitar o pai e que no dia seguinte às sete horas da manhã ele já tinha de se apresentar nas aulas e no trabalho. O obeso guarda estava de bom humor, apontou para a boina preta na cabeça de Moshe e perguntou se no kibutz não se profana o *shabat* e não se comem coisas que a religião judaica proíbe. Moshe tentou explicar alguma coisa, mas as lágrimas lhe sufocavam a garganta. O guarda amoleceu e disse: "Não chore, menino, entre, não faz mal, entre, mas da próxima vez venha entre as quatro e as cinco e não às seis horas da tarde. E não fique mais de meia hora". Moshe agradeceu e sem saber por que estendeu-lhe a mão para um aperto. O guarda não pegou sua mão estendida, mas deu dois tapinhas na boina preta na cabeça do rapaz e disse:

"Apenas não profane o *shabat*."

Moshe atravessou um jardim pequeno e maltratado onde havia dois bancos com a tinta descascando e passou por uma porta gradeada, que se abriu para ele depois que tocou uma campainha rouca. No saguão da entrada, em cadeiras de metal ao longo de paredes pintadas até a metade com tinta a óleo de cor próxima ao cáqui, estavam sentados cerca de dez homens e mulheres. Todos vestiam roupões caseiros listrados e calçavam chinelos rasos. Alguns conversavam entre si com uma voz abafada. O encarregado de vigiá-los era um homem corpulento e de ombros largos, vestia uma blusa florida gritante e calças militares, calçava coturnos e estava de pé num canto mascando chiclete. Uma mulher não muito jovem tricotava ativamente, embora não tivesse nas mãos nem agulhas nem lã. Seus lábios balbuciavam algo. Um homem muito magro, comprido e encurvado, de pé e de costas para os demais, se agarrava às grades da janela e falava para o mundo que escurecia lá fora. E uma mulher idosa, sentada sozinha junto à porta, chupava o polegar e murmurava palavras de consolo e pêsames. O pai estava no lado de fora, numa varanda protegida de baixo até em cima por uma rede metálica. Sentado numa cadeira de metal cinzento, junto a uma pequena mesa metálica, também cinzenta, tinha diante de si um chá que esfriava na caneca de lata. Moshe se sentou a seu lado numa cadeira metálica desocupada e disse:

"*Shalom*, pai." Ele se sentou todo encolhido, para que seu pai não percebesse as manchas de sangue na roupa.

O pai cumprimentou em resposta sem olhar para seu filho.

"Vim ver você."

O pai assentiu calado.

"Vim de ônibus."

O pai perguntou:

"Para onde ele foi?"

"Quem?"

"Moshe."

"Eu sou Moshe."

"Você é Moshe."

"Eu sou Moshe. Vim visitar você."

"Você é Moshe."

"Como vai você, pai?"

O pai tornou a perguntar, preocupado, com profunda tristeza, numa voz trêmula de pesar:

"Aonde ele foi? Aonde?"

Moshe tomou em sua mão a mão enrugada, tendinosa do pai, mão calejada dos duros trabalhos em estradas e em plantação de árvores, e disse:

"Eu vim do kibutz, pai. Vim do kibutz Ikhat. Vim visitar você. Tudo está em ordem comigo. Tudo vai indo muito bem."

"Você é Moshe."

Moshe então começou a contar ao pai sobre seus estudos. Sobre o educador David Dagan. Sobre a biblioteca. Sobre o trabalho em avicultura. Sobre as garotas que cantam lindas canções saudosistas. Depois abriu a mochila e tirou de dentro dela o livro *A peste*, numa encadernação verde, e leu para o pai os dois primeiros parágrafos. O pai ouvia atentamente, na cabeça um pequeno solidéu um pouco enviesado, os olhos cansados semicerrados, e de repente pegou a caneca de lata, olhou para o chá que esfriara, balançou a cabeça tristemente, tornou a pôr a caneca sobre a mesa, e perguntou:

"Aonde ele foi?"

Moshe disse:

"Vou até a cozinha para lhe buscar outro chá. Quente."

O pai passou a mão pela testa e como se estivesse acordando observou com tristeza:

"Você é Moshe."

Moshe manteve a mão do pai na sua, não a abraçou com os dedos, mas apertou seguidamente aquela mão marrom, largada. Começou a contar sobre a quadra de basquete, sobre os livros que tinha lido, sobre as discussões no grupo de estudos de problemas da atualidade e sobre os debates no grupo de estudos de arte, sobre sua participação nos debates, sobre Joseph K., do livro de Kafka, sobre David Dagan, que já tivera várias mulheres e várias amantes e agora vivia com uma garota de dezoito anos, mas cuja atenção estava sempre voltada para todos os seus alunos, e foi ele quem me defendeu energicamente das zombarias e provocações nos primeiros dias. Ele tem o hábito, o professor David Dagan, de se dirigir a seus interlocutores dizendo: Deem-me um minuto, por favor, vamos pôr um pouco de ordem nas coisas. Moshe falou para seu pai durante uns dez minutos, e o pai fechou os olhos e no fim tornou a abri-los e disse com tristeza:

"Está bem. Agora você já vai embora. Você é Moshe?"

Moshe disse:

"Sim, pai."

E disse ainda:

"Não se preocupe, pai. Dentro de duas semanas venho ver você outra vez. Eles me dão permissão para vir. David Dagan me dá permissão."

O pai assentiu e baixou a cabeça até o queixo tocar no peito, como um enlutado.

Moshe disse:

"*Shalom*, pai."

E depois disse também:

"Até logo. Não se preocupe."

Da porta ele olhou uma última vez para o pai, que continuava sentado e imóvel, olhando para a caneca de lata. Ao sair Moshe perguntou ao vigia de calças militares:

"Como é que ele se comporta?"

O homem respondeu:

"Ele se comporta bem. É tranquilo."

E depois acrescentou:

"Quem dera todos se comportassem como ele."

E disse ainda:

"Você é um filho muito bom. Tudo de bom para você."

Lá fora já estava quase completamente escuro quando ele saiu. De repente Moshe sentiu aversão a si mesmo, como lhe acontecia mais de uma vez. Tirou da cabeça a boina preta e a enfiou no embornal. Tornou a arregaçar as mangas compridas sobre os músculos dos braços e abriu o botão de cima. No pequeno jardim diante do hospital só cresciam espinheiros e capim-de-burro. Mas alguém tinha esquecido um pano de prato sobre o banco e alguém tinha perdido o cinto do roupão entre os espinheiros. Moshe prestou atenção a esses detalhes porque sempre se sentia atraído por detalhes. Pensou em Tsachke Honig, a encarregada do aviário, que o tinha ensinado a distinguir quando havia aves doentes para isolá-las antes que contaminassem todo o galinheiro. E pensou em seus colegas de turma, que agora estariam deitados em um dos gramados, os garotos descansando a cabeça no colo das garotas, cantando canções sentimentais. Alguém, Tamir ou Dror ou Guid'on ou Arnon, está descansando agora sua cabeça clara no colo de Carmela Nevo, o calor do busto dela a lhe roçar a face. O que Moshe não daria para estar lá agora. Para ser de uma vez por todas um deles. E ao mesmo tempo sabia com clareza que isso nunca iria acontecer. Passou pelo guarda bem-humorado que estava no portão, e ele se espantou:

"O que é isso, você entrou com um chapéu e está saindo sem?"

Moshe disse apenas boa noite e se dirigiu ao caminho de terra que levava do hospital à estrada, então escura e deserta. Não passava nenhum carro. À distância viam-se pequenas luzes e ouviam-se latidos e o zurrar urgente de um burro. Da direção em que brilhavam as luzes também lhe chegavam aos ouvidos vozes abafadas de crianças. Ele se sentou na terra sobre as pernas cruzadas, ao pé do eucalipto caiado de branco, perto do lugar onde tinha deposto o cão atropelado, e esperou. Esperou por muito tempo. Pareceu-lhe ouvir um choro entrecortado na direção do hospital, mas não tinha certeza. Ficou sentado sem se mexer, prestando atenção.

Um menininho

Lea, sua mulher, viajara por dez dias para um curso de reciclagem para *metaplot*, cuidadoras de crianças, no Seminário dos Kibutzim.* Roni Shindlin estava contente de passar alguns dias sem ela. Depois de terminar seu trabalho na serralheria tomou uma ducha e às quatro horas da tarde foi buscar seu filho Iuval, de cinco anos, na casa de crianças. Ele tomou sua mãozinha e foi passear com ele pelo kibutz entre uma chuva e outra. O pequenino calçava botas verdes e vestia calças de flanela, um suéter e um casaquinho. Roni amarrou o cadarço do gorro em torno do queixo do menino, pois suas orelhas eram sensíveis ao

---

* *Metapelet*, literalmente, "que cuida" ou "cuidadora" (a palavra no feminino implica que quase sempre o cargo é exercido por uma mulher), é a pessoa que cuida do dia a dia das crianças em cada grupo etário numa "casa de crianças", ocupando-se da alimentação, da higiene, dos cuidados pessoais, dos hábitos comportamentais etc. O Seminário dos Kibutzim é uma instituição comum a todo um movimento kibutziano para estudo e aperfeiçoamento teórico e prático dos aspectos conceituais e das diferentes atividades, profissões e trabalhos do kibutz.

frio. Depois ergueu o filho e o abraçou e foi com ele ver as vacas e as ovelhas. Iuval tinha um pouco de medo das vacas que chafurdam no esterco molhado e soltam de vez em quando um mugido surdo, baixo. Seu pai declamou para ele:

"*Benjamim, o vaqueiro mirim, deu às vacas capim, deu também capim pro bezerro e pra mim.*"

Iuval perguntou:

"Por que ela está rugindo?"

Roni explicou:

"Uma vaca não ruge. Uma vaca muge. O leão é que ruge."

"Por que o leão ruge?"

"Ele está chamando os amigos dele."

"Os amigos ficam atazanando ele."

"Os amigos brincam com ele."

"Atazanam."

Iuval era um menino baixo, lento e medroso. Ficava doente com frequência e quase toda semana tinha diarreia. No inverno tinha infecções nos ouvidos. As crianças do jardim de infância viviam a atazaná-lo. Durante a maior parte do dia ficava sentado sobre a esteira, solitário num canto, o polegar enfiado na boca, virado para a parede e de costas para o quarto, brincando sozinho com cubos de madeira ou com um pato de borracha que assobiava quando o apertavam. Era capaz de ficar apertando repetidas vezes o pato para ouvir seu triste pio. Esse pato o acompanhava desde que ele tinha um ano de idade. Às vezes as crianças encarnavam nele, o chamavam de Iuval catarral, e quando a cuidadora virava as costas puxavam o cabelo dele. E todas as vezes ele chorava um choro baixinho e prolongado e a coriza escorria do nariz para a boca e para o queixo. As cuidadoras também não gostavam dele, porque não sabia reagir aos que o perseguiam, porque não era sociável e porque chorava demais. Na mesa do desjejum ele bicava um pouco do prato e deixava quase todo o mingau. Quando o repreendiam, ele chorava. Quando falavam direito com ele tentando convencê-lo, se encolhia e se calava. Com cinco anos ainda molhava a cama toda noite e as cuidadoras tinham de estender uma borracha sob o seu lençol. Toda manhã acordava molhado e as crianças zombavam dele. Ficava sentado descalço, nas calças de pijama molhadas, sobre a cama molhada, o polegar na boca, chorando baixinho em vez de se vestir, e a coriza se misturava com as lágrimas, lambuzando seu rosto, até que vinha a cuidadora e ralhava com ele, e então, francamente, vista-se de uma vez, Iuval, enxugue o nariz, pare de chorar, chega de ser um bebê.

O comitê educacional da primeira infância orientou Lea, sua mãe, a tratá-lo com severidade, para que deixasse de ser mimado. E de fato, durante as tardes, nas horas que ele passava na casa dos pais, Lea cuidava para que ele se sentasse sempre com as costas retas, comesse tudo que lhe punham no prato, parasse de chupar o polegar. Se ele chorava, ela o castigava por ser tão chorão. Era contra abraços e beijinhos e acreditava que as crianças em nossa nova sociedade precisam ser decididas e rijas. Achava que a causa dos problemas de Iuval era que as professoras do jardim de infância e as cuidadoras cediam a ele naquilo em que não se pode ceder e lhe perdoavam as esquisitices. Roni, por sua vez, abraçava e beijava Iuval quando Lea não estava vendo. Quando ela não estava presente, ele tirava do bolso de sua parca um tablete de chocolate e dava a Iuval dois ou três cubinhos. Esses cubinhos de chocolate eram um segredo que Iuval e seu pai escondiam de Lea e do mundo. Mais de uma vez Roni quis discutir com Lea, mas receava as explosões de raiva dela, que faziam Iuval se arrastar para baixo da cama com seu pato e ficar lá chorando sem fazer barulho até passar a raiva de sua mãe, e mesmo então não se apressava a sair do esconderijo.

No kibutz, Roni Shindlin era tido como fofoqueiro e palhaço, mas em sua casa quase nunca fazia graça, porque Lea não suportava suas piadas, que ela considerava invencionices insossas. Tanto Lea como Roni fumavam muito, cigarros da marca Silon, que o kibutz distribuía entre seus membros, e sua pequena residência estava sempre enfumaçada. Mesmo à noite o cheiro não ia embora, porque tinha sido absorvido pelos móveis e pelas paredes e pairava sob o teto. Lea não gostava de contatos físicos desnecessários e de conversas desnecessárias e acreditava em princípios sólidos. Cumpria todos os regulamentos do kibutz com furiosa devoção. Tinha a convicção de que a vida de um casal no kibutz deve se basear na simplicidade.

A casa deles era mobiliada com uma estante de livros feita de madeira compensada e um sofá com assento de espuma, que se abria à noite para virar uma cama de casal e tornava a se fechar a cada manhã. Havia ainda uma mesa para café, duas poltronas de vime, um almofadão estofado e uma esteira áspera. Na parede, um quadro mostrando um campo de girassóis crestando ao sol, e no canto do quarto um cartucho de obus servindo de vaso para um buquê de espinhos secos. E o cheiro de cigarros sempre no ar.

Toda noite, depois de completada e pendurada no quadro de avisos a escalação para todos os trabalhos do kibutz no dia seguinte, Roni gostava de sentar em sua mesa de sempre numa extremidade do refeitório, com seus amigos e conhecidos, para fumar e comentar tudo que se passava na vida dos membros do kibutz. Nada escapava a seus olhos. A vida dos outros despertava nele uma incansável curiosidade e uma onda de gozações. Ele achava que, quanto mais elevados são nossos ideais, mais ridículas são as fraquezas e as contradições. Citava às vezes, sorrindo, as palavras do primeiro-ministro Levy Eshkol, que dissera que um homem é só um homem, e mesmo isso — só raramente. Acendia mais um cigarro Silon e dizia aos amigos numa voz um pouco fanhosa:

"E acontece que aqui entre nós não existe um só momento sem uma crise. Primeiro Boaz resolveu abandonar Osnat e trocá-la por Ariela Barash, e agora Ariela resolveu abandonar Boaz e trocá-lo pelo gato dela, e amanhã com certeza vai aparecer uma Natasha *muchacha* para coletar o que ela encontra de sobra. Como está escrito em nossas fontes: Ainda não vi um justo abandonado cuja semente continue carente de um útero."

Ou então:

"Todo aquele com carência de mulher no kibutz Ikhat pode simplesmente entrar na fila na porta de David Dagan e esperar um pouco. As mulheres são atiradas de lá o tempo todo como tocos de cigarros."

Da mesa de Roni Shindlin irrompiam às vezes sonoras gargalhadas. Os *chaverim* do kibutz tomavam muito cuidado para não cair na boca de Roni e de seu grupo.

Às dez horas da noite eles se dispersavam e iam cada um para sua casa e Roni dava uma passada na casa de crianças para ver se Iuval estava dormindo bem e ajeitar seu cobertor. Depois voltava para casa em passos hesitantes, sentava-se nos degraus da entrada, tirava os sapatos para não sujar o quarto de lama e entrava de meias. Lea estava lá sentada, fumando um cigarro atrás do outro e ouvindo um programa de rádio. Ouvia rádio todas as noites. Roni também acendia um último cigarro e se sentava diante dela em silêncio. Às dez e meia apagavam os cigarros, apagavam a luz e adormeciam, ele coberto com seu cobertor, ela com o dela, porque amanhã é preciso acordar às seis para o trabalho.

Na serralheria Roni era considerado um trabalhador dedicado e diligente e no Comitê Econômico cuidava de nunca faltar a uma só reunião, e sempre ficava com aqueles que apoiavam um gerenciamento cuidadoso e equilibrado dos setores agrícolas e era contra iniciativas e investimentos que lhe parecessem aventureiros. Ele votou por uma expansão limitada do setor de avicultura, mas contra a tomada de empréstimo nos bancos. Tinha também uma coleção de selos, sobre a qual se debruçava junto com Iuval, depois do trabalho: os dois se sentavam inclinados para a frente, as cabeças se tocando, junto à mesa de café, enquanto, no quarto, o aquecedor ardia com sua chama azul. Iuval mergulhava os fragmentos de envelope com os selos colados numa tigela com água para dissolver a cola e separar os selos, e depois, sob a fiscalização do pai, punha-os com a face virada para baixo sobre papel absorvente, para secá-los. Roni arrumava-os num álbum de acordo com um catálogo inglês, enquanto explicava a Iuval sobre o Japão, o país do Sol Nascente, sobre a gelada Islândia, sobre Aden e Chatsarmavet e o Portão das Lágrimas, sobre o Panamá e o grande canal que nele se abriu.

Lea espremia laranjas para lhes servir um suco natural e fresco, repreendia Iuval mandando que o tomasse até o fim e se sentava em seu canto para fumar e ler a revista *Ecos da Educação*. De vez em quando se ouvia um pipocar surdo dentro do aquecedor a querosene e a chama por trás da grade refulgia por um instante. Lá fora a chuva e o vento fustigavam as persianas cerradas e um galho de fícus se esfregava seguidamente na parede externa como a pedir comiseração. Roni se levantava, esvaziava o cinzeiro e o lavava embaixo da torneira. Iuval chupava o polegar e se abraçava ao pai. Lea ralhava:

"Pare de chupar o dedo. E você pare de mimá-lo tanto. Ele já é mimado o bastante."

E acrescentava:

"É melhor que em vez disso ele coma uma laranja e largue de uma vez esse pobre pato. Meninos não brincam com bonecas."

Agora que Lea tinha viajado por dez dias para a reciclagem de cuidadoras no Seminário dos Kibutzim, Roni ia todos os dias às quatro da tarde apanhar Iuval e seu pato que pia na casa de crianças, fazia-o sentar em seus ombros e passeavam os dois entre os estábulos e os galinheiros. Um cheiro forte e azedo de cascas de laranja apodrecidas exalava da fossa de forragem fermentada e se misturava aos aromas pesados da forragem verde e do esterco molhado que vinham do estábulo. Um vento úmido soprava do ocidente e as primeiras sombras do crepúsculo desciam sobre os armazéns e os telheiros e envolviam nossas pequenas casas e seus telhados vermelhos. Uma vez ou outra um pássaro na copa das árvores soltava sua voz alta e aguda. As ovelhas no redil respondiam com um balido nostálgico. Uma chuva fina começava às vezes a cair, e o pai e seu filho se encolhiam e voltavam correndo.

Depois do passeio ao ar livre Roni levava o menino para casa e tentava convencê-lo a comer uma fatia de pão com geleia e a tomar uma xícara de chocolate. Iuval dava, sem vontade, duas ou três mordidas no pão, bebia um pouco de chocolate e dizia:

"Chega, pai. Agora selos."

Roni limpava a mesa, punha a louça na pia, descia da estante o álbum verde e os dois se debruçavam sobre ele, as cabeças se tocando. Roni acendia um cigarro e explicava a Iuval que esses selos são pequenos visitantes de países distantes, e todo visitante vem e nos conta sobre o país de onde ele vem, histórias sobre a paisagem e sobre pessoas famosas, histórias sobre as festas e as construções bonitas. Iuval perguntava se tem países onde as crianças podem dormir à noite com o pai e a mãe e se tem países onde as crianças não ficam atazanando, nem batendo. A isso Roni não sabia como responder e só dizia que em todo lugar tem pessoas boas e pessoas cruéis e explicava a Iuval o significado da palavra "cruéis". Em seu íntimo, Roni acreditava que a crueldade às vezes se disfarça entre nós de honorabilidade e de apego a princípios e sabia que ninguém é totalmente imune a ela. Nem ele mesmo.

Iuval tinha medo das sete horas da noite, quando tinha de ir com seu pai para a casa de crianças e se despedir por uma noite inteira. Ele não implorou para ficar em casa, mas entrou no banheiro para fazer xixi e não saiu enquanto Roni não foi obrigado a ir atrás dele, para encontrá-lo sentado sobre a tampa da privada, chupando o polegar e abraçando seu pato de borracha, já muito desbotado, com o bico — que uma vez fora vermelho — agora pálido e com um dos olhos um pouco afundado na cabeça. Roni disse:

"Iuvali. Temos de ir. Já é tarde."

Iuval disse:

"Não dá, pai. De jeito nenhum. Tem um lobo enorme no bosque, no meio do caminho."

Por fim os dois se envolveram nos casacos, Roni calçou em Iuval as botas verdes e amarrou o cadarço do gorro do menino embaixo do queixo. Levou consigo um pedaço de pau grande e grosso que apanhou atrás dos degraus para afugentar o lobo, e foram para a casa de crianças. Iuval abraçava com uma das mãos a cabeça do pai e com a outra segurava com força o pato e o apertava fazendo-o piar debilmente, uma e outra vez. Quando passaram pelo bosque atrás do refeitório, Roni brandiu o pedaço de pau, batendo com ele no ar molhado, até que o lobo fugiu. Iuval pensou um pouco sobre isso e depois observou tristemente que o lobo ainda ia voltar tarde da noite, quando todos os pais estão dormindo. Roni garantiu que o vigia noturno expulsaria o lobo, mas o menino não se tranquilizou, pois sabia muito bem que o lobo ia devorar o vigia.

Quando chegaram à casa de crianças, um aquecedor elétrico já estava aceso no canto que servia de refeitório e, sobre as pequenas mesas, os pratos já estavam arrumados, e em cada um deles havia uma fatia de pão com um pedaço de queijo amarelo, meio ovo cozido, pedaços de tomate, quatro azeitonas e um montinho de ricota. Chemda, a cuidadora, uma mulher baixa e corpulenta com um avental branco preso à cintura, fez as crianças arrumarem suas botinhas numa fileira reta junto à porta e pendurarem seus casacos na fileira de ganchos que havia acima das botas. Depois os pais saíram para fumar no lado de fora e as crianças comeram, levaram pratos e xícaras para a pia e as que cumpriam seu turno limparam as mesas.

Depois da refeição os pais tiveram permissão para entrar e pôr as crianças em suas camas. As crianças, em pijamas de flanela, se agruparam em volta das pias empurrando-se aos gritos, lavaram-se e escovaram os dentes e enfiaram-se embaixo dos cobertores fazendo algazarra. Durante dez minutos foi permitido aos pais ler uma história ou cantar canções de ninar, depois eles se despediram e saíram, e Chemda, a cuidadora, apagou as luzes, deixando só uma luzinha acesa no canto do refeitório. Ela ainda se demorou lá alguns minutos, proibiu que as crianças conversassem aos sussurros, ordenou-lhes que adormecessem e dormissem, fez-lhes uma advertência, disse boa noite, deixou uma luz acesa no chuveiro, desligou o aquecedor elétrico e saiu.

As crianças esperaram que ela se afastasse e então desceram das camas e, descalças, saíram correndo pelos quartos e pelo canto do refeitório para jogarem umas em cima das outras as botas cobertas de lama que estavam numa fileira reta junto à porta de entrada. A animação rapidamente foi aumentando e os meninos enrolaram as cabeças em cobertores e assustavam as meninas dizendo: nós somos árabes, vamos atacar agora. As meninas gritaram e se agruparam, e uma delas, Atida, encheu uma garrafa com água e jogou sobre os árabes. Logo irrompeu uma briga, que só serenou quando Avitar, um menino espadaúdo, propôs:

"Ial'la, vamos confiscar o pato de Iuval catarral."

Iuval não tinha saído da cama junto com as outras crianças, estava deitado, o rosto virado para a parede, pensando num país da coleção de selos que o pai tinha dito que se chamava Chatsarmavet. Esse nome o assustava e lhe parecia que o pátio da casa de crianças, que ficava logo ali, atrás da parede, debaixo da janela e no escuro, era também um pátio da morte.* Ele se enrolou no cobertor cobrindo a cabeça também e abraçou o pato de borracha, sabendo que seria perigoso adormecer, mas também que era proibido chorar. Esperou que as crianças se cansassem e voltassem para suas camas, desejando que não se lembrassem dele naquela noite. Sua mãe tinha viajado e seu pai tinha ido fumar com os amigos em volta da mesa no canto do refeitório, e Chemda, a cuidadora, tinha ido embora, e aqui, atrás da parede fina, no escuro, tem um pátio da morte, e a porta não está trancada, e no bosque no caminho de casa tem um lobo preto.

Tadmor, Tamir e Rinat agarraram e arrancaram o cobertor dele e o jogaram no chão, enquanto Dalit cantarolava numa melodia irritante:

"Iuval catarral tem um astral infernal."

Avitar disse:

"Agora ele vai chorar."

Virou-se para Iuval e falou com doçura:

"Então, chore um pouco, Iuval. Só um pouquinho. Todas as crianças estão pedindo a você numa boa."

Iuval se encolheu, os joelhos na barriga e a cabeça enfiada nos ombros, abraçou com força o pato, fazendo-o soltar um débil pio.

"O pato dele está sujo e imundo."

"Vamos lavar o pato dele."

---

* Chatsarmavet corresponde a Hadramaut, no sudoeste da Arábia, e o nome se refere ao personagem bíblico que lá se estabeleceu. No entanto, em tradução literal do hebraico, chatsarmavet significa "pátio (ou quintal) da morte", daí o jogo de palavras e o pavor do menino.

"Vamos lavar o pinto dele. O pinto dele também está sujo e imundo."

"Traz aqui o pato, Iuval catarral. Vamos, traz logo. É melhor trazer por bem."

Avitar tentou arrancar o pato das mãos de Iuval, mas o menino o agarrou com toda a sua força, apertando-o contra a barriga. Tadmor e Tamir puxaram os braços dele um de cada lado, enquanto ele chutava os dois com seus pés descalços, Rinat começou a tirar o pijama dele, Tadmor e Tamir lhe abriram os dedos à força e Avitar prendeu o pato nas duas mãos e o arrancou num ímpeto, agitou-o no ar e, pulando numa perna só, proclamou:

"Este pato é um bicho mixo, vamos jogar ele no lixo."

Iuval rangeu os dentes e se controlou para não chorar, mas seus olhos ficaram marejados e a coriza escorreu e lambuzou-lhe o rosto e o queixo. Ele se levantou descalço e tentou se atirar sobre Avitar, que era muito mais alto e mais forte. Avitar fingiu ter se assustado, agitou o pato bem alto acima da cabeça e o jogou, num passe preciso, para Tamir, que o jogou para Rinat, que o jogou para Tadmor. Subitamente Iuval se encheu de desespero e de fúria, a fúria dos fracos, tomou impulso e se atirou com toda a força sobre Avitar, acertando uma violenta cabeçada na sua barriga e quase o derrubando no chão. As meninas, Dalit e Rinat, gritaram de alegria. Avitar se recompôs, empurrou Iuval e lhe deu um forte soco no nariz. Quando Iuval finalmente estava estirado no chão e chorava com soluços curtos e sufocados, Dalit disse "Vamos lhe trazer um pouco de água" e Tadmor disse "Já chega. Basta. O que há com vocês? Deixem ele em paz". Mas Avitar foi até o canto do refeitório, tirou de uma gaveta um par de tesouras, cortou a cabeça do pato de borracha separando-a do corpo e voltou para o quarto, o corpo do pato na mão direita e a cabeça na esquerda. Ele se inclinou sobre Iuval, que ainda estava estirado no chão, riu e disse:

"Escolha, Iuval. Você pode escolher."

Iuval se levantou, curvou-se e passou entre as crianças que se agrupavam e se espremiam em volta dele e correu cegamente para a porta, abriu e saiu direto para a escuridão, para o pátio da morte escuro que se estendia em torno da casa de crianças e correu descalço na lama, tremendo todo em seu pijama por causa do frio e do medo, correndo e saltando velozmente como uma lebre perseguida, molhando-se todo na chuva, que escorria de seus cabelos para seu rosto misturando-se às lágrimas, passou por blocos de casas às escuras, atravessou as trevas do pequeno bosque junto ao refeitório, ouviu bem perto o pisar das patas do lobo preto que o perseguia e sentiu seu bafo na nuca e dobrou a velocidade de sua fuga e a chuva aumentou e o vento lhe beliscava o rosto e ele tropeçou e caiu de joelhos numa poça se arranhando e se levantou molhado e todo sujo de lama e correu sozinho no escuro entre um lampião e outro, correu e chorou em lamentos curtos e rápidos correu enquanto as orelhas congelavam e doíam correu até chegar à casa dos pais e parou e se deixou cair nos degraus porque teve medo de entrar, medo de que se zangassem com ele e o devolvessem à casa de crianças, e lá, sobre os degraus, encolhido e gelado e tremendo e chorando em silêncio, foi encontrado pelo seu pai que voltava do refeitório depois do encontro noturno em volta da mesa dos fofoqueiros.

Roni tomou o filho nos braços e o carregou para dentro, despiu o pijama molhado e enxugou com um paninho a lama e o catarro, esfregou o corpo gelado com uma toalha grande e áspera para aquecê-lo, cobriu o menino com um cobertor quente e acendeu o aquecedor, e enquanto fazia tudo isso extraiu do menino o que tinha acontecido na casa de crianças, disse a ele que esperasse coberto e junto ao aquecedor e saiu para a chuva, correndo e ofegando e ardendo em fúria em passos enlouquecidos, colina acima.

Quando chegou à casa de crianças, os sapatos pesados de lama espessa, encontrou lá a vigia noturna Berta Brum, que tentou lhe dizer alguma coisa mas ele não ouviu e não quis ouvir, cego e surdo de tanto desespero e de tanta ira, irrompeu no quarto de Iuval, acendeu a luz, curvou-se e arrancou do cobertor um menino tranquilo e delicado chamado Iair, que pôs de pé sobre a cama e esbofeteou e tornou a esbofetear com selvageria nas duas faces até escorrer sangue do nariz do menino, e bateu sua cabeça cacheada contra a parede uma e mais uma vez e mais uma vez e gritou roucamente:

"Isso ainda não é nada! Isso ainda é nada! Se alguém tocar mais uma vez em Iuval eu o mato!"

Berta, a vigia, repetindo "Você está louco, Roni, você enlouqueceu totalmente", se pendurou nele e o separou à força do menino, que desabou sobre a cama num choro fraco e pungente. Roni ergueu o punho de repente e bateu nela também, no peito, se precipitou para fora e pisando com força e fúria através da lama e da chuva voltou para seu filho.

Pai e filho dormiram a noite toda abraçados e colados um no outro sobre o sofá que se abriu numa cama dupla e durante a manhã ficaram ambos em casa, Roni não foi trabalhar na serralheria e não levou Iuval para o jardim de infância, só lhe preparou um pão com geleia e uma xícara de chocolate. Às oito e meia, Ioav, o secretário do kibutz, bateu à porta com o rosto severo e em poucas palavras comunicou a Roni que ele estava convocado para ir no dia seguinte pontualmente às cinco horas da tarde ao escritório da secretaria, para uma inquirição pessoal numa reunião conjunta do comitê comunitário e do comitê educacional da primeira infância.

Na hora do almoço os amigos de Roni se sentaram sem ele na mesa dos fofoqueiros na extremidade do refeitório e falaram daquilo de que todo o kibutz estava falando desde as primeiras horas da manhã. Trocaram especulações sobre o que, com certeza, diria Roni se outro *chaver* tivesse feito coisas desse tipo. E disseram que nunca se pode saber, um rapaz tranquilo assim, cheio de humor, e vejam do que é capaz. Às três horas da tarde Lea chegou, depois de um telefonema urgente que a chamou de volta da reciclagem para cuidadoras no Seminário dos Kibutzim. Antes de ir para casa ela passou pela casa de crianças e deixou para o menino roupa de baixo quente, roupas limpas e botas. Ela comunicou a Roni, lábios apertados, um cigarro aceso entre os dedos, que depois do que acontecera ela, e somente ela, seria, por enquanto, responsável por Iuval, e que tinha decidido que o menino, para seu próprio bem, voltaria essa noite mesmo a dormir no jardim de infância.

A chuva cessara, mas o céu continuou pesado e cheio de nuvens baixas, e um vento frio e úmido vindo do oeste soprou durante todo o dia. Uma nuvem feita de fumaça de cigarros encheu o quarto. Às sete e meia da noite Lea vestiu o casaco em Iuval, calçou-o energicamente com suas botas verdes e disse:

"Venha, Iuval. É hora de dormir. Ninguém vai atormentar mais você."

E acrescentou:

"Acabaram essas patuscadas de vocês. A partir desta noite a vigia vai ficar de olho, como tem de ser."

Os dois saíram, e Roni ficou sozinho. Acendeu um cigarro Silon e ficou na janela, de costas para o quarto, o rosto voltado para a escuridão lá fora. Às nove da noite Lea voltou e não falou uma só palavra. Sentou-se em sua poltrona dura, fumando e lendo a revista *Ecos da Educação*. Às dez Roni disse:

"Vou sair para dar uma volta. Ver se ele está bem."

Lea disse tranquilamente:

"Você não vai a lugar nenhum."

Roni hesitou e se submeteu, porque não confiava mais em si mesmo para nada.

Às dez e meia desligaram o rádio, esvaziaram o cinzeiro, abriram o sofá-cama duplo e o prepararam para se deitar, e se encolheram cada um em seu cobertor porque amanhã também teriam de acordar antes das seis para trabalhar. Lá fora a chuva tinha recomeçado e o vento empurrava um galho teimoso de fícus de encontro às persianas. Roni ficou deitado de costas por algum tempo, os olhos abertos cravados no teto. Por um instante teve a impressão de ouvir uns pios fracos na escuridão. Sentou-se na cama prestando muita atenção, mas agora só ouvia a chuva e o vento e o galho a roçar na janela. Depois adormeceu.

À noite

Em fevereiro chegou a vez de Ioav Karni cumprir seu turno de guarda-noturno por uma semana, do sábado à noite até a véspera do sábado seguinte. Ele era o primeiro filho nascido no kibutz Ikhat, e os fundadores, além de seus pais, ficaram orgulhosos por ter sido o primeiro entre os filhos a ser eleito secretário.* Os filhos nascidos no kibutz eram, na maioria, bronzeados, musculosos e sólidos, mas Ioav era um rapaz comprido, um pouco encurvado, pálido, de orelhas grandes, barbeado com desleixo, sempre distraído ou mergulhado em seus pensamentos. Parecia um desses sábios estudiosos das leis religiosas judaicas. Tinha a cabeça sempre inclinada para a frente, como a tatear o caminho, e seu olhar se dirigia quase o tempo todo para um ponto acima e além do ombro de seu interlocutor. Dirigia as questões do kibutz

---

* O *mazkir* de um kibutz, embora o termo signifique "secretário", é o centralizador de todas as comissões especializadas, o coordenador de todas as diferentes atividades, o "gestor" dos problemas e questões a serem resolvidos pela comunidade, o coordenador e condutor das assembleias-gerais e o representante do kibutz como entidade.

com delicadeza e tato. Nunca levantava a voz nem dava murros na mesa, mas os membros do kibutz reconheciam sua integridade, sua tranquila pertinácia e sua bondade. Ele, por sua vez, se envergonhava muito dessa bondade e tentava sempre se mostrar um rígido e ortodoxo cumpridor dos princípios kibutzianos. Se você o procurava para pedir alguma flexibilidade ou concessão, ele respondia severamente que entre nós coisas desse tipo não têm a menor possibilidade de serem atendidas e que temos de agir sempre de acordo com nossos princípios. Mas logo depois ele começava discretamente a buscar alguma brecha nos regulamentos, algum atalho, para satisfazer você um pouco.

Quando faltavam poucos minutos para as onze da noite, Ioav vestiu roupas quentes, calçou suas botas, agasalhou-se num casaco militar pesado e roto, pôs na cabeça um gorro de lã que cobria as orelhas e foi até a casa de seu antecessor na guarda, Tzvi Provizor, para apanhar com ele a arma. Tzvi, o jardineiro-paisagista do kibutz, reteve o secretário mais um pouco para lhe dizer com tristeza:

"Talvez você já tenha ouvido, Ioav. No estado de Minnesota houve uma nevasca como nenhuma outra nos últimos quarenta anos. Até agora já informaram sobre dezoito mortos e dez desaparecidos."

"Sinto muito ouvir isso."

Tzvi acrescentou:

"Também está havendo inundações em Bangladesh. E em Jerusalém, há uma ou duas horas, morreu de repente o rabino Kupermintz. Acabaram de dar a notícia no rádio."

Ioav estendeu a mão para dar um tapinha no ombro de Tzvi, mas se lembrou a meio caminho de que Tzvi não gostava que tocassem nele. Então sorriu para ele e disse afetuosamente:

"Se por acaso você ouvir uma vez uma boa notícia, Tzvi, só uma vez uma notícia boa, venha logo me procurar e me avise. Mesmo que seja no meio da noite."

Ioav continuou seu caminho e, enquanto passava junto ao tanque de peixes ornamentais que Tzvi Provizor tinha instalado na praça em frente ao refeitório, pensou que a vida de um solteirão envelhecendo e solitário é mais difícil aqui entre nós do que em outro lugar, porque a sociedade kibutziana não tem nenhuma resposta para a solidão. Mais do que isso: o próprio conceito de kibutz nega o conceito de solidão.

Após receber a arma de Tzvi Provizor, Ioav começou sua primeira ronda pelo kibutz. Enquanto atravessava a zona residencial dos membros veteranos ia apagando aqui e ali luzes desnecessariamente acesas e desligou um aspersor que irrigava um gramado e que alguém esquecera de desligar antes de ir dormir. Junto ao barracão que servia de salão de cabeleireiro, apanhou um saco vazio que estava jogado, dobrou-o cuidadosamente e o depositou na entrada do celeiro.

Em algumas janelas ainda brilhavam as últimas luzes. Logo todo o kibutz estaria envolvido em sonolência e só ele e a vigia da casa de crianças ficariam acordados a noite inteira. Soprava um vento frio e as agulhas dos pinheiros respondiam num sussurro. Ouviu-se um mugido abafado vindo da direção do estábulo. As casas de moradia dos veteranos se enfileiravam no escuro, quatro residências em cada prédio, dois pequenos cômodos em cada residência, e dentro de cada cômodo móveis de madeira de bordo, vasos, esteiras e cortinas de algodão. À uma hora ele tem de ir até a incubadeira de pintinhos para checar o nível de aquecimento e às três e meia já vai ter de acordar os que trabalham no estábulo, para a ordenha da madrugada. A noite vai passar depressa.

Ioav gostava muito dessa noite de guarda, longe da rotina de seus dias cheios de debates nos comitês, de reclamações e solicitações dos *chaverim*, dos casos de pessoas mais velhas que vêm desabafar com ele todo tipo de problemas comunitários delicados que exigem soluções discretas, de dificuldades orçamentárias, de relações com entidades externas ao kibutz e da representação de Ikhat nas instituições do movimento kibutziano. Agora à noite pode-se vagar sozinho pela área da atividade econômica, entre os telheiros e os galinheiros, pode-se caminhar lentamente ao longo da cerca iluminada por lampiões amarelos, pode-se sentar por um momento num caixote virado ao lado da serralheria e mergulhar em pensamentos noturnos. Os pensamentos noturnos dele giravam em torno de sua mulher, Dana, que está agora deitada no escuro a ouvir no rádio, semiadormecida, um programa noturno, para adormecer de vez. Pensava também em seus filhos gêmeos, que agora estão dormindo em suas camas, na casa de crianças. Daqui a uma hora vai passar lá e cobri-los. Talvez passe em casa também e desligue o rádio, já que Dana certamente adormeceu sem desligá-lo. Dana não gostava da vida no kibutz e sonhava com uma vida individual, particular. Mais de uma vez o instara a saírem para uma vida nova. Mas Ioav era um homem de princípios, sempre lutando para corrigir e melhorar a vida no kibutz, e não estava disposto nem a ouvir falar em abandono. Apesar disso, reconhecia intimamente que o sistema kibutziano em si mesmo cometia permanentemente uma injustiça para com as mulheres e as empurrava quase sem exceção para os serviços de cozinhar, limpar, cuidar das crianças, lavar roupa, costurar, passar roupa. Pretende-se que aqui entre nós as mulheres desfrutem de uma igualdade absoluta, mas essa igualdade lhes é concedida com a condição de que se comportem como homens e tenham aspecto masculino: elas não podem se maquiar, passar batom nos lábios e devem evitar os trejeitos femininos. Mais de uma vez Ioav meditou sobre essa injustiça, hesitou bastante, mas não encontrou solução. Talvez fosse por isso que sempre se sentia culpado em relação a Dana e vivia a seu lado como que pedindo desculpas.

A noite estava muito fria e límpida. O coaxar dos sapos pontuava o silêncio e um cão latia à distância. Quando Ioav ergueu os olhos viu um floco das nuvens baixas bem em cima dele e disse a si mesmo que tudo que consideramos importante na verdade não tem importância e no que é realmente importante não temos tempo bastante para pensar. A vida inteira passa e você quase não pensa nas coisas simples e grandiosas, solidão, saudade, paixão e morte. O silêncio era profundo e amplo, às vezes cortado pelo lamento dos chacais, e Ioav se encheu de gratidão por esse silêncio e também pelo lamento dos chacais. Não acreditava em Deus, mas em momentos de solidão e silêncio, como agora, nessa noite, Ioav tem a impressão de que alguém está esperando por ele dia e noite, numa espera silenciosa e paciente, sem ruído e sem movimento, e ia continuar a esperá-lo para sempre.

Quando cruzava em passadas lentas, a arma pendurada num ombro, o frigorífico e o depósito de fertilizantes, uma fina sombra se destacou de repente das sombras das paredes e um vulto coberto por um casaco lhe bloqueou o caminho. Uma voz de mulher, profunda e agradável, uma voz um pouco rouca, lhe disse:

"Não se assuste, Ioav. Sou eu apenas. Nina. Esperei você passar por aqui. Sabia que você ia passar. Eu preciso lhe perguntar uma coisa."

Ioav se retraiu, os olhos se ajustando à escuridão, segurou o braço de Nina, puxou-a para debaixo do lampião próximo e perguntou preocupado se não estava com frio e por quanto tempo tinha esperado por ele ali sozinha. Nina era uma mulher jovem, tida entre nós como uma pessoa firme em suas convicções. Tinha olhos verdes, longos cílios e sua boca tinha um traço fino e decidido. Sua testa brilhava no escuro e seus cabelos claros eram aparados num corte curto. "Diga-me o que faria você, Ioav, se tivesse de viver cada dia e dormir cada noite por toda a vida sem interrupção ao lado de alguém que lhe causa repulsa. Já faz anos que lhe causam repulsa as falas dele, o cheiro dele, as piadas dele, as coceiras, os arrotos, as tosses, os roncos, o jeito de esgravatar o nariz. Tudo. O que faria você?"

Ioav pôs a mão em seu ombro:

"Conte-me exatamente o que aconteceu, Nina."

À luz do lampião pôde ver que o rosto dela estava pálido e tenso e seus olhos verdes e cansados o fitaram diretamente nos olhos, mas neles não havia lágrimas. Ela contraiu seus lábios finos:

"Não aconteceu nada. Ele discute até mesmo com a locutora do rádio." E depois disse:

"Não aguento mais."

"Quem sabe esperamos até amanhã? Venha me ver amanhã no escritório e vamos conversar? Há coisas que parecem terríveis à noite, mas à luz do dia mostram-se totalmente diferentes."

"Não. Não vou voltar para ele. Nem esta noite nem nunca. Arranje-me um quarto ainda esta noite, Ioav. Mesmo num barracão de madeira. Mesmo num telheiro. Com certeza você dispõe de algum quarto vazio."

"O que aconteceu, me diga."

"Não há o que contar. Eu não aguento mais."

"E as crianças?"

"As crianças irão toda tarde da casa de crianças diretamente para mim. Irão ao meu quarto, que você vai me dar."

Ioav não se sentia à vontade ali de pé falando com Nina à luz fraca de um lampião no estreito caminho entre o frigorífico e o depósito de fertilizantes. Se alguém vier até aqui e surpreender os dois de pé aos sussurros, amanhã com certeza já vai se espalhar fofoca. Ele disse com firmeza:

"Nina, me perdoe. Eu realmente não posso resolver uma coisa assim no meio da noite. Não tenho quartos à disposição em meu bolso. Não sou eu quem distribui quartos aqui. Será preciso discutir isso no comitê. E eu tenho de fazer minha guarda. Por favor, vá dormir e amanhã você e eu vamos nos encontrar e procurar juntos uma saída."

Mas enquanto dizia isso já contestava a si mesmo, voltou atrás e disse com outra voz:

"Venha comigo. Vamos um instante até a secretaria. Lá está pendurada a chave do quarto reservado aos palestrantes de fora. Esta noite você pode dormir lá e amanhã você vem e veremos o que ainda se pode fazer. Amanhã eu também vou conversar com Avner."

Ela se inclinou e tomou a mão dele em suas duas mãos, levou-a ao peito e apertou com força. Ioav ficou embaraçado e até corou um pouco no escuro, porque Nina era uma mulher atraente e mais de uma vez fora protagonista de seus devaneios secretos. Quando tinha dezessete anos estivera apaixonado por ela por algum tempo, mas não ousara se aproximar. Em seu tempo de escola Ioav era um rapaz introvertido e tímido, e Nina, já então, era alvo da atenção dos rapazes mais bem-conceituados. Também agora, quando a amargura e um profundo cansaço marcavam seu rosto e seu corpo perdera parte da antiga perfeição, ainda assim era uma mulher atraente. Ficamos todos surpresos quando ela se casou justamente com Avner Sirota e até lhe deu dois filhos. Avner era um rapaz barulhento, sempre pronto para brigar, sua cabeça redonda coberta de cabelos curtos repousando pesadamente sobre os ombros, quase sem pescoço, e seus braços eram fortes como os de um pugilista. Temia Nina, como se ela soubesse dele algum segredo que pudesse constrangê-lo bastante. E mesmo assim às vezes paquerava, pelas costas dela, com seu jeito rude, gozador, as garotas do instituto educacional. Tratava seus dois filhos pequenos com um furioso afeto e os incentivava a se atracar com ele sobre a grama, nas noites de verão. Com sua voz grossa, discutia política o tempo todo e desdenhava dos governantes do país, que considerava fracalhões e diaspóricos. Se apenas dessem a ele e a seus colegas do corpo de paraquedistas carta branca por um mês, ele dizia sempre, se dessem a eles um mês apenas para dar um jeito nos árabes como tinha de ser dado, já teríamos aqui há muito tempo paz e tranquilidade. Ele ficava ali na praça em frente ao refeitório, ou em um dos caminhos, fumando e discutindo com você, e Nina ficava esperando ao lado dele, a cabeça inclinada, ouvindo calada até ficar saturada, momento em que pousava os dedos sobre as costas dele e o interrompia com sua voz baixa e decidida: "Avner. Acho que por hoje chega. Vamos embora".

Avner lhe obedecia imediatamente, cortava seu discurso e ia atrás dela. Roni Shindlin a chamava "a ciganinha que facilmente faz o urso dançar".

Ioav perguntou: "Avner não vai procurar você?".

"Ele já estava dormindo quando me vesti e saí."

"E se acordar e não encontrar você ao lado dele?"

"Ele não vai acordar. Ele nunca acorda."

"E quando se levantar de manhã? Você lhe deixou um bilhete?"

"Não tenho o que dizer a ele. Quando acordar de manhã ele vai pensar que levantei cedo para trabalhar e saí sem acordá-lo. Nós nos falamos pouco."

"E depois? O que vai ser?"

"Não sei."

"Vai haver muito falatório. As pessoas vão falar. Todo o kibutz vai falar."

"Que falem."

Ioav se sentiu de repente tentado a abraçar com força aquele corpo delgado envolto num casaquinho leve, ou pelo menos a abrir os botões de seu próprio casaco e trazê-la para dentro dele, ou pelo menos deslizar a mão sobre sua face. Foi tão forte esse impulso que sua mão como que por si mesma se estendeu para acariciar o ar que estremecia em volta dos cabelos dela. Ele sentia frio e imaginou que Nina sentia mais frio ainda, pois sua cabeça estava descoberta e ela calçava sapatos leves. "Venha, vamos", disse, "vamos achar um lugar para você passar a noite."

Ela caminhou a seu lado, pequena, compacta, cabelos curtos, sempre meio passo atrasada, pois os passos dele eram mais largos. Ele era muito mais alto do que ela e sua sombra se projetava sobre a dela. Passaram pela lavanderia e atrás do barracão do sapateiro. Um vento frio trazia o cheiro de terra molhada, junto com o cheiro de esterco de aves. Acima dos telhados se arrastavam nuvens escuras e baixas e não se via nenhuma estrela. Ioav repassou mentalmente a lista dos problemas dos quais teria de cuidar amanhã e nos próximos dias, Tsachke tinha encaminhado o pedido de que o kibutz lhe permitisse sair para visitar a família na Europa, Tzvi Provizor precisava de um novo cortador de grama, vovó Slava tinha mordido uma das mulheres que trabalhavam na cozinha, Roni Shindlin entrou no jardim de infância uma dessas noites e bateu num menino de cinco anos, David Dagan tinha se separado de Edna Ashrov, era preciso comprar urgentemente um equipamento novo para o consultório odontológico, e agora também teria de falar com Avner e esclarecer se ainda haveria uma solução, se se tratava de uma crise de uma noite ou de mais uma família desfeita.

Nina era três ou quatro anos mais moça que ele e desde a infância dela Ioav se admirava de seu espírito independente e de sua firmeza de opinião. Mais de uma vez se viu sozinha diante de todo o kibutz. Não tinha nascido ali, depois que ficou órfã, seu avô a enviou para ser educada lá. Desde seu primeiro dia entre nós aprendeu a se manter firme em suas posições e os outros aprenderam a respeitar sua contida pertinácia. Nas assembleias-gerais do kibutz, muitas vezes defendia sozinha ou quase sozinha um ponto de vista contrário à opinião geral. Depois de servir no exército se apresentou como voluntária para trabalhar com um grupo de jovens contraventores em uma cidadezinha distante. Desde que voltou de lá, trabalhava sozinha na apicultura. Ela fez da apicultura do kibutz uma atividade econômica de sucesso e os apicultores de outras comunidades agrícolas vinham aprender com ela. Quando chegou sua vez de sair para estudos superiores insistiu em estudar assistência social, apesar de a assembleia do kibutz ter pretendido enviá-la ao Seminário dos Kibutzim para o curso de professoras de jardim de infância. Nina foi a líder das mulheres que aqui no kibutz se mobilizaram contra o sistema de as crianças dormirem na casa de crianças e exigiram que os pequenos dormissem à noite na casa dos pais. A assembleia não aceitou essa exigência, e Nina estava decidida a apresentar a questão para um novo debate, ano após ano, até que a maioria se convencesse e aceitasse a ideia.

Dois ou três meses depois que uma turma do corpo de paraquedistas do Nachal veio se integrar ao kibutz, Nina escolheu entre eles Avner Sirota, herói da operação militar de retaliação em Chirbat Djavad, e alguns meses depois já estava grávida. No kibutz a formação desse casal causou espanto e até mesmo desapontamento. Assim mesmo nós a apreciávamos, porque sabia ouvir delicadamente e com boa vontade, e porque, com seu jeito tranquilo, sempre procurava ajudar quem precisava. Quando Boaz abandonou Osnat de repente e foi morar na casa de Ariela Barash, Nina foi morar alguns dias com Osnat. E quando todas se recusavam peremptoriamente a trabalhar com vovó Slava descascando legumes na varanda traseira da cozinha do kibutz, Nina se apresentou e aceitou a tarefa. Ioav ainda não tinha falado com ninguém sobre isso, mas pretendia sugerir à assembleia do kibutz que elegesse Nina para o cargo de secretária depois que ele mesmo completasse seu período. E talvez o que houve essa noite não seja mais do que uma crise momentânea e amanhã de manhã ela vai se recompor. Porque ela é uma pessoa responsável e lógica. Não se desmonta uma família só porque o marido ronca à noite ou porque ele teima em discutir com os locutores do rádio.

Eles atravessaram o largo em frente ao refeitório, iluminado por alguns lampiões, contornaram o tanque de peixes ornamentais e quando passavam pelo jardim de infância adormecido foram de repente detidos por Tsipora, a vigia noturna da casa de crianças. Era uma mulher de uns cinquenta e cinco anos, enrugada e angulosa, que estava convencida de que os jovens estavam destruindo o kibutz. Tsipora ficou surpresa ao ver o marido de Dana Karni e a mulher de Avner Sirota atravessando juntos o gramado no meio da noite. Mas escondeu a surpresa e sem demonstrar qualquer espanto disse "Não quero incomodar vocês", e mesmo assim convidou os dois a entrarem na cozinha do berçário e comerem com ela uma ceia leve. Nina disse "Obrigada, não", e o embaraçado Ioav se desculpou e começou a balbuciar uma explicação sobre alguma questão urgente que Nina simplesmente tinha de resolver com ele sem mais delongas naquela mesma noite. Ele sabia que essa explicação não ia adiantar nada: amanhã mesmo os dois iam cair da boca de Tsipora direto na de Roni Shindlin e sua mesa de fofoqueiros na extremidade do refeitório: E aí, adivinhem quem é que nosso guarda está guardando durante as noites?

"Estamos com pressa porque precisamos apanhar uma coisa urgentemente no escritório da secretaria", Ioav explicou a Tsipora, e quando se afastavam dela disse a Nina:

"Amanhã vão falar de nós, o kibutz inteiro vai falar."

"Eu não me importo, mas sinto muito por você."

"E Avner?"

"Ele que sinta ciúmes. Não me importo."

"Agora vou acompanhar você até o quarto dos palestrantes. Durma algumas horas e amanhã vamos sentar e pensar nisso tudo de novo, com a cabeça mais lúcida."

"Minha cabeça nunca esteve mais lúcida do que agora."

Quando chegaram ao escritório da secretaria e Ioav acendeu a luz, descobriram que a chave do quarto dos palestrantes não estava pendurada no quadro. Ele se lembrou de que a tinha dado à tarde ao oficial da força aérea que tinha vindo conversar com os novos recrutas e ficara para pernoitar em Ikhat.

Ioav olhou para Nina e ela lhe devolveu um olhar verde e agudo, como a dizer: Surpreenda-me. Juntos um do outro, lá estavam os dois no quarto da secretaria, onde havia duas escrivaninhas e cadeiras simples, um banquinho estofado, um armário de metal cheio de pastas, uma janela sem cortina e, na parede, uma fotografia aérea detalhada do kibutz e das áreas agrícolas que o rodeavam. Antes de baixar os olhos diante do olhar de Nina, Ioav viu uma pequena ruga acima de seu lábio superior e disse consigo mesmo que aquela era uma ruga nova. Os olhos dela também estavam cansados e rodeados de pequenas rugas. Viu a linha delicada de seu queixo e os cabelos claros impiedosamente tosados. Ela lhe parecia uma pessoa não carente de proteção, e sim decidida e enérgica. Intimamente, lamentou de repente que ela não estivesse quebrada e exausta. Conteve com dificuldade o impulso de estender os dois braços e tomar seu corpo, apertando-o contra seu ombro. Ou pousar a cabeça dela em seu peito. Uma onda de afeto e de anseio se apossou dele, mas assim mesmo cuidou de refreá-la, porque sabia que não era um afeto paternal, e de fato nem afeto era.

"Esta noite você pode dormir aqui, em cima deste banco", disse, "não será muito confortável, mas no momento não disponho de outro lugar para você. Quer que lhe prepare um copo de chá? Aqui tem uma chaleira e xícaras e até alguns biscoitos. Vou buscar um cobertor e um travesseiro."

"Obrigada. Não precisa trazer cobertor nem travesseiro. Não vou dormir. Não estou cansada. Apenas deixe eu ficar aqui até de manhã."

Ioav ligou o aquecedor elétrico e a chaleira elétrica, saiu e voltou dez minutos depois trazendo um travesseiro e dois cobertores de lã. Quando voltou viu que Nina já havia se servido de um copo de chá sem lhe perguntar se ele queria também. Ficou por um breve momento na entrada do quarto da secretaria, indeciso, e seu rosto magro enrubesceu porque queria ficar mas sabia que já devia ir embora e sabia que antes de ir tinha de dizer a ela mais alguma coisa, mas o que ele não sabia. Nina tocou em seu ombro com as pontas dos dedos e disse:

"Obrigada."

E depois disse: "Não se preocupe. Um pouco antes das seis horas da manhã, antes que chegue alguém, vou sair e ir trabalhar no apiário como faço todo dia. Vou deixar tudo arrumado por aqui". E como se lesse os pensamentos dele acrescentou: "Ninguém vai saber que passei a noite aqui".

Ioav hesitou, deu de ombros e disse: "Está bem. Então, por enquanto, é isso aí". E acrescentou: "Boa noite". E disse ainda: "Mesmo assim, tente dormir um pouco".

Fechou a porta suavemente e saiu, levantou a gola do casaco, atravessou em passos largos a área em que moravam os soldados e por um caminho de terra todo enlameado seguiu em direção às incubadeiras para regular a temperatura de aquecimento, pois já era uma hora da manhã. Às margens do caminho viu aqui e ali algum arbusto molhado, ou um caixote quebrado. Lamentou não ter consigo uma lanterna. O frio agora era penetrante e o vento se intensificara. Ioav pensou na escuridão dos pomares numa noite de inverno e por um instante teve o impulso de se levantar e abandonar tudo, deixar a guarda e sair a pé para os pomares, vagar sozinho no escuro entre as árvores frutíferas agora totalmente desfolhadas. Alguém está esperando por ele em algum lugar, ele o sentia, alguém tem esperado por ele pacientemente todos esses anos, tem esperado sabendo que mesmo que ele demore não poderá deixar de ir. Uma noite ele finalmente irá. Mas para onde? Isso ele não sabia, e na verdade receava um pouco saber.

Voltando da incubadeira saiu para uma ronda a pé ao longo das cercas e do portão de entrada do kibutz. A gola do casaco levantada, o gorro de lã puxado até as orelhas e a arma pendurada no ombro pela correia. Quando passou pela casa de crianças entrou para cobrir seus filhos gêmeos, roçou um beijo na cabeça dos dois e foi de cama em cama, cobrindo as outras crianças também. Seguiu depois para sua casa e entrou na ponta dos pés para desligar o pequeno rádio na cabeceira da cama, ao som do qual sua mulher tinha adormecido. Dana dormia deitada de costas, seus cachos escuros espalhados suavemente sobre o travesseiro. Com mão muito cuidadosa arrumou o cobertor e como a pedir desculpas tocou com a ponta do dedo um dos cachos e saiu de casa na ponta dos pés.

Caminhou ao longo da cerca durante meia hora e descobriu que em dois lugares as lâmpadas dos lampiões estavam queimadas e registrou na memória que tinha de relatar isso amanhã a Nahum Ashrov, o eletricista. Pouco antes das duas, uma lua crescente apontou por entre as nuvens, mas mesmo assim começou a cair uma chuva enviesada e fina. Ioav foi até a cozinha do berçário tomar um café de meio de noite com Tsipora, a vigia. Descansou a arma cuidadosamente no chão, mas não tirou o casaco nem o chapéu, e se sentou todo encolhido. Tsipora lhe serviu café preto, duas fatias de pão com margarina e geleia e observou com tristeza:

"Isso não vai acabar bem, Ioav, esse caso entre você e Nina Sirota. Ouça o que estou dizendo."

"Não tenho nenhum caso com Nina Sirota. Ela simplesmente teve um problema que exigia uma solução urgente e eu tive de ajudá-la a resolvê-lo. Aqui neste lugar um secretário continua sendo um secretário mesmo no meio da noite."

"Não vai acabar bem", insistiu Tsipora, "um homem casado circulando à uma da manhã com a mulher de outro homem."

"Tsipora. Preste atenção um instante. Se você se contiver e não comentar amanhã sobre mim e sobre Nina você vai ajudar com isso a cuidar de um delicado problema familiar. Você é uma pessoa responsável e com certeza vai compreender que deve ser discreta, porque o caso exige discrição."

"Que problema familiar? Seu ou dela? Ou dos dois?"

"Tsipora, por favor. Esqueça isso."

Mas quando saía da cozinha das crianças já sabia que suas palavras não iam adiantar e que amanhã ele e Nina seriam o assunto do dia no kibutz. Teria de explicar o que acontecera durante a noite a Dana, sua mulher, sabedora havia muito tempo de que Ioav estivera uma vez um pouco apaixonado por Nina. Ia ser complicado e confuso.

Através de nuvens esgarçadas e baixas podia-se ver a lua e também cinco ou seis estrelas. A cor do céu era um roxo quase negro e as nuvens que iam sendo empurradas pelo vento eram baixas e escuras. Todo o kibutz estava mergulhado em profundo repouso. Os lampiões da cerca desenhavam poças de luz de um amarelo-pálido. Um deles parecia agonizar, sua luz pestanejava, como que a hesitar. Em passos silenciosos Ioav caminhou entre as sombras dos arbustos, contornou o palheiro e a lama grudou em seus sapatos. Como você é cego, sussurrou para si mesmo desanimado, você é mesmo cego e surdo. Lembrou-se de como Nina tinha se inclinado para ele quando ele lhe prometera achar um quarto para ela passar a noite e tomara a mão dele entre as suas e a levara ao seio apertando com força. Você deveria ter compreendido sua intenção e apertado o corpo dela contra o seu. Ela lhe sinalizou isso, e você ignorou o sinal. E ela insinuou isso de novo no quarto da secretaria, quando tocou em seu ombro com as pontas dos dedos, e novamente você ignorou.

Agora suas pernas o conduziam, através do espaço fronteiro à casa de cultura e passando pela casa de crianças, de volta à secretaria, ao lado do ponto de ônibus. Atravessou o gramado em frente ao refeitório. Como que a sonhar, deteve-se junto à janela do escritório. Será que ela tinha adormecido sem apagar a luz? Ou estaria ainda acordada? Aproximou-se na ponta dos pés e espiou pela janela. Nina estava deitada sobre o banco, debaixo dos cobertores de lã que ele lhe trouxera, a cabeça loura repousando no travesseiro, os olhos abertos cravados no teto. Se ele batesse levemente na vidraça da janela ela se assustaria, e ele não queria alarmá-la. Por isso afastou-se silenciosamente e ficou parado, a arma pendurada no ombro, entre os ciprestes, no escuro. E fez a si mesmo perguntas, e não obteve respostas.

Ele poderia simplesmente bater à porta, entrar e dizer: Vi que a luz ainda estava acesa e entrei só para ver se você está precisando de alguma coisa. Ou: Entrei para ver se você não está com frio. Ou: Entrei para ver se lhe convém que conversemos um pouco. Ela estava o tempo todo deitada aqui, atrás dessa parede, de olhos abertos, pensou, e talvez ela esteja só esperando por você, e agora já passou das duas e todo o kibutz está dormindo.

Ele voltou a se aproximar da janela iluminada, o gorro a lhe cobrir as orelhas, a cabeça inclinada para a frente, os óculos brilhando um pouco no escuro com a luz neles refletida, o coração indo ao encontro dela, mas os pés cravados no lugar. Pois, se durante todos esses anos ele tinha esperado apenas por esse momento, por que então em vez de ousadia ou desejo ele vai sendo invadido por uma tênue tristeza? Em passos silenciosos ele contornou o prédio da secretaria e ficou por um instante junto à porta prestando atenção, no limite máximo de uma atenção que se presta, e só ouvia o vento soprar entre as agulhas do pinheiro. Depois se sentou nos degraus em frente à porta, puxou o gorro de lã sobre as orelhas e esperou sem se mexer. Ficou assim por meia hora e sentiu que alguma coisa quase se esclarecia para ele, mas não sabia que coisa era essa. Um chacal chorou na profundeza da escuridão e outros chacais, desesperados, lhe responderam da direção do pomar. Ele ergueu sua arma, o dedo achou o gatilho e só com o que lhe restava de bom senso sufocou o impulso de disparar uma longa rajada no ar para rasgar o silêncio.

Às três e meia se levantou e foi acordar os que trabalhavam no estábulo para a ordenha da madrugada. Depois deu mais uma volta ao longo da cerca, atravessou a praça, retornou ao refeitório e ligou a chaleira elétrica para os que madrugavam no trabalho. O nascer do sol só seria às seis e seu turno de guarda terminaria às cinco. Ainda teria de ir de casa em casa para acordar algumas pessoas, seguindo a lista que tinha nas mãos. Não tinha sentido esperar pelo nascer do sol, porque ele ia acontecer atrás da formação de nuvens. Agora tinha de ir para casa, tomar banho, deitar, fechar os olhos e tentar dormir. Amanhã talvez alguma coisa finalmente se esclarecesse. E na verdade amanhã era hoje.

Dir Adjlun

Era um dia de vento seco e quente, acachapado e opressivo. Um céu cinza-sujo se curvava sobre nós como se o deserto tivesse se estendido de cabeça para baixo sobre os telhados de nossas pequenas casas. O ar se encheu de uma poeira fina que se misturava ao suor do corpo e cobria a testa e os braços com uma camada grudenta de argila esbranquiçada. Henia Kalish, uma viúva de uns sessenta anos de idade, no intervalo de meio-dia entrou no chuveiro, despiu as roupas de trabalho e ficou por alguns minutos embaixo de um forte jato de água fria. Seus lábios estavam sempre apertados com força e de cada canto da boca uma ruga amarga ia até o queixo. Seu corpo era anguloso e chato como o de um rapaz magro e as pernas eram cobertas por uma rede de veias azuladas e róseas. A água fria removeu dela a poeira e lhe refrescou a pele, mas não mitigou sua opressão. Após o chuveiro ela se enxugou com movimentos furiosos, tornou a vestir a blusa cinzenta de trabalho e as calças azul-escuras e voltou em passos enérgicos para seu turno na cozinha do kibutz. Pretendia falar ainda naquela noite com Ioav Karni, o secretário, com o educador David Dagan, com Roni e Lea Shindlin e com mais alguns companheiros influentes para tentar mobilizar apoio na votação em pauta na próxima assembleia, na noite de sábado.

Na varanda dos fundos da cozinha, quando estavam sentadas uma em frente à outra, cobertas de suor, em banquinhos baixos, descascando e cortando legumes numa grande bacia, Brônia lhe disse:

"Vocês não devem levar isso para a assembleia, Henia. Vão cortar a sua cabeça."

Henia disse:

"Mas se isso, na verdade, é bom para todos. Vai permitir que o kibutz reduza a lista de espera para estudos superiores."

Brônia riu:

"O seu Iotam não é um privilegiado aqui. Ninguém é um privilegiado aqui. A não ser os que têm privilégios."

Henia tentou sondar Brônia, enquanto afastava um monte de cascas e aproximava das duas um novo caixote de legumes:

"Pelo menos você, Brônia, vai votar na assembleia de sábado a favor do pedido de Iotam? Você vai nos apoiar, não vai?"

"É mesmo? Por que eu deveria votar a favor dele? Quando meu Zelig pediu, há seis anos, para mudar de ramo e ir trabalhar no vinhedo, vocês o apoiaram? Todos vocês votaram contra. Os hipócritas junto com os justos. Depois vocês falaram coisas muito bonitas no enterro dele."

Henia disse:

"Esta bacia já está cheia. Temos de começar uma nova."

E depois disse:

"Não se preocupe, Brônia, minha memória também é muito extensa. Muito muito extensa."

As duas viúvas continuaram a descascar e cortar legumes num silêncio absoluto, as duas facas brilhando.

Depois do trabalho Henia Kalish voltou para casa, de novo tomou um banho de chuveiro frio, lavou seus cabelos grisalhos e dessa vez vestiu após o banho roupas para a tarde, uma blusa bege, uma saia lisa de algodão e sandálias leves. Tomou um café, cortou duas peras em fatias precisas e iguais e comeu-as calmamente, lavou e enxugou a xícara e o prato e os pôs no armário da louça. As janelas e persianas estavam baixadas por causa do vento seco do deserto e as cortinas, fechadas. O quarto estava fresco e na penumbra, e um aroma agradável de limpeza exalava das lajotas do chão, que tinham sido lavadas. Não ligou o rádio, porque detestava as vozes arrogantes dos que liam as notícias: falavam sempre como se soubessem de tudo. E na verdade ninguém sabe de quase nada. Ninguém ama mais o próximo. Nos primeiros tempos, quando o kibutz foi fundado, todos éramos uma só família. Verdade seja dita, mesmo então havia todo tipo de rompimentos na família, mas estávamos próximos uns dos outros. Todo dia, ao anoitecer, sentávamos e cantávamos canções de exaltação e canções nostálgicas até tarde da noite. E depois íamos dormir nas mesmas tendas e se alguém falasse dormindo ouvíamos todos o que dizia. Hoje moramos em casas separadas e cravamos nossas unhas uns nos outros. No kibutz de hoje, enquanto você está de pé todos estão esperando que caia, e se você cair, correm todos para levantá-la. Brônia é um monstro e o kibutz inteiro a chama, com justiça, de monstro.

Em pensamento, Henia escreveu uma carta para seu irmão mais moço, Artur, que vivia havia anos na Itália e lá tinha enriquecido nos negócios. Ela não sabia qual era a natureza dos negócios de Artur, mas juntando coisa com coisa entendia que se tratava de peças de reposição para máquinas que fabricavam armas: em 1947, às vésperas da Guerra da Independência, Artur fora enviado pela Haganá,* com a aprovação da assembleia-geral

---

* Exército não oficial dos judeus da Palestina.

do kibutz, à Itália, para adquirir armas clandestinas e máquinas para o fabrico de armas leves para o Estado que ainda não havia nascido. Depois da guerra ele continuou na Itália, ignorou a irritação dos *chaverim* do kibutz e a moção de censura na assembleia-geral, e por fim anunciou que tinha abandonado o kibutz e se estabelecido em um dos subúrbios de Milão, onde começou a tecer a rede de seus negócios, que permaneceu sempre na obscuridade. Em 1951 mandou para Henia um retrato seu com sua nova mulher, quinze anos mais moça que ele, uma jovem italiana que na foto tinha um aspecto suave e um tanto misterioso, porque seus cabelos escuros e espessos faziam sombra em seus olhos e porque cobria com a mão uma de suas faces. Às vezes ele enviava a Henia pequenos presentes.

Duas semanas antes Artur tinha lhe escrito que pretendia convidar Iotam a ir estudar engenharia mecânica no Instituto Superior de Tecnologia de Milão. Poderia morar com ele e com Lucia, a casa deles era espaçosa, e ele, Artur, custearia os estudos e sustentaria Iotam durante os quatro anos do curso. Diga a eles aí no kibutz, escreveu, que vou fazê-los economizar muito dinheiro, porque de qualquer maneira, quando chegasse a vez de Iotam sair para estudar, teriam de lhe pagar os estudos e o sustento. Com o dinheiro assim economizado poderão mandar outra pessoa para estudar, na vez dele. E vou convidar você também, Henia, para vir nos visitar uma ou duas vezes por ano.

Uma vez, quando Iotam tinha seis anos, o tio Artur veio fazer uma visita, montado numa motocicleta da Haganá, e o levou a passeio pelos caminhos internos do kibutz. Como tinham sido olhados com inveja por todas as crianças e como ele tinha se apertado, por trás, contra o corpo vigoroso do tio, que exalava um cheiro penetrante e agradável de fumo de cachimbo ao erguê-lo nos braços e dizer: Cresça e se desenvolva e será um soldado.

Iotam era um rapaz musculoso e bronzeado, baixo, largo e sólido, com uma cabeça redonda coberta de cabelos tosados quase até a raiz. Tinha as mãos grandes, largas e muito fortes. Seu rosto não era bonito, mas um certo espanto se espraiava nele quando lhe falavam, como se tudo que lhe diziam causasse surpresa ou temor. Faltava-lhe um dente da frente, o que, somado a seu corpo de lutador, conferia-lhe o aspecto de um homem de briga e de confronto. Mas, em contraste com esse aspecto, era um jovem tímido, de poucas falas, embora de vez em quando expressasse alguma generalização estranha. Entre nós o chamavam de "filósofo", porque uma vez saíra de seu silêncio para declarar que o homem é, basicamente, um animal distorcido. De outra feita disse à mesa do jantar, no refeitório do kibutz, que entre os homens, os animais, as plantas e os seres inanimados há mais semelhanças do que diferenças. Ao que observou Roni Shindlin, pelas costas de Iotam, que o próprio Iotam Kalish realmente se parece um pouco com um caixote ou com uma embalagem.

Iotam deu baixa do exército meio ano antes de chegar aquela carta do tio Artur e trabalhava no ramo do cultivo de frutas. Não se destacava no trabalho, havia nele algo que parecia uma constante sonolência, mas seus colegas ficavam impressionados com sua força física e com sua disposição para trabalhar, quando necessário, muitas e longas horas extras. Quando a carta do tio Artur chegou da Itália, Iotam hesitou por um dia ou dois e depois, ao anoitecer, disse a sua mãe em voz baixa, como se assumisse uma culpa:

"Sim, mas só se a assembleia do kibutz concordar."

Henia disse: "Vai ser difícil conseguir maioria na assembleia. Vai haver muita inveja e mesquinharia".

Roni Shindlin disse, na sua mesa de sempre no refeitório:

"Chegou o tempo dos titios. Não seria mau arranjar para cada um de nós um tio rico na Itália. Mandaríamos todos os jovens estudar por conta dos tios e pronto." David Dagan, por sua vez, disse a Henia que pretendia se opor ao pedido de Iotam por três motivos. Primeiro, por uma questão de princípio: cada jovem, rapaz ou moça, deve trabalhar nos setores produtivos pelo menos durante três anos após dar baixa do exército, e só depois disso talvez se possa falar de estudos e cursos superiores. Ou daqui a pouco já não restará aqui ninguém para ordenhar as vacas. Segundo, esse tipo de presente dado por parentes ricos é uma violação grave do princípio da igualdade. Terceiro, além de tudo isso, é melhor que os jovens que saem para estudar estudem algo que seja útil à sociedade e à economia do kibutz. Que temos a ver com engenharia mecânica? Já temos dois mecânicos que trabalham na oficina e não há necessidade alguma de acrescentar a eles um professor diplomado.

Henia tentou, inutilmente, convencer David Dagan, usando como argumento o direito dos jovens à autorrealização. David Dagan riu e disse:

"Autorrealização, autoarreliação, tudo isso é dengo e não argumento. Dê-me por favor um minuto para pôr nisso um pouco de ordem: ou todos nós damos aqui, como um só homem e sem exceções, um dia de trabalho de oito horas, seis dias por semana, ou não vai haver nenhum kibutz."

Ainda na mesma tarde Henia foi até a casa de Ioav Karni, o secretário, e lhe disse que precisava pôr todas as cartas na mesa: se a assembleia do kibutz, no sábado à noite, não autorizar que Iotam vá estudar na Itália a convite de Artur, é de se recear que Iotam viaje para lá mesmo sem a autorização do kibutz. Vocês querem realmente perdê-lo? Vocês não se importariam nada com isso? Henia lançou esse ultimato por conta própria, pois Iotam lhe dissera o contrário, ou seja, que só aceitaria o convite do tio Artur com a aprovação da assembleia do kibutz.

Ioav Karni perguntou:

"Por que veio você falar comigo, Henia? Por que Iotam não veio ele mesmo falar?"

"Você conhece muito bem o Iotam. Um menino fechado. Ele tem bloqueios."

"Se ele é um herói tão grande a ponto de ir estudar na Itália sem falar a língua e sem ter amigos lá, precisa ter coragem bastante para vir aqui sozinho, e não me enviar a mãe dele."

"Vou dizer para ele que venha falar com você."

"Que venha. Receio que não vá ouvir de mim o que parece que ele quer ouvir. Sou contra a iniciativa particular e contra fundos particulares na vida do kibutz. Iotam precisa esperar sua vez com paciência, e quando ela chegar o comitê de estudos superiores vai decidir com ele o que ele vai estudar, e quando e onde. Quando chegar a hora, se o tio quiser participar das despesas, vamos tratar do assunto e decidir numa votação. É assim que resolvemos essas coisas. Essas são nossas regras. Mas diga a ele que venha falar comigo, eu prometo que o ouvirei com atenção e depois lhe explicarei tudo isso pacientemente. Iotam é um rapaz sensível e sensato e estou certo de que vai compreender nossa posição e retirar seu pedido de livre e espontânea vontade."

Um cheiro pesado e opressivo emanava das plantas. O ar quente e empoeirado estava parado, totalmente imóvel. As árvores de fícus e os pinheiros, a murta, as buganvílias e os alfeneiros, os gramados e os canteiros de rosas, tudo respirava no escuro sob a opressão de um calor denso e sufocante. Das colinas, de entre as ruínas da aldeia árabe abandonada, Dir Adjlun, descia um sopro de árida secura com cheiro de espinheiro queimado. Talvez ainda ardessem por lá incêndios distantes. Às nove horas da noite, sem bater à porta, Henia entrou no quarto de Iotam, na zona residencial dos soldados que tinham dado baixa, e lhe disse que a assembleia do sábado à noite pelo visto ia rejeitar seu pedido. E que era bem provável que a decisão da assembleia fosse a de comunicar ao tio Artur que, se ele deseja apoiar os estudos dos jovens do kibutz Ikhat, estaria convidado a fazer doações ao fundo para estudos mantido pelo kibutz. "São fanáticos. Todos eles", disse Henia. "Invejosos. De olho grande." E Iotam disse:

"Está bem."

E depois acrescentou:

"Obrigado."

E depois de um breve silêncio disse ainda:

"Você não devia ter ido procurá-los, mãe. É uma pena que você tenha ido. De qualquer maneira, engenharia mecânica não é lá muito a minha vocação."

A tarde estava densa e poeirenta. O ar espesso, desértico, debruçava-se sobre tudo, imóvel. Mosquitos zumbiam no espaço do quarto e em volta da lâmpada nua do teto esbarravam-se duas ou três mariposas. O telhado de zinco irradiava para dentro do quarto o calor ardente do dia e nem mesmo pela janela aberta penetrava algum frescor. O quarto de Iotam, na zona residencial formada por barracões de madeira, era mobiliado com uma cama de ferro, uma mesa de madeira pintada de verde, uma grande arca munida de cortina que servia de armário, uma esteira de palha sobre o chão e dois ou três banquinhos com assento de vime trançado. Um ventilador no canto do quarto fazia o ar circular em vão. Uma lâmpada amarela, nua, pendia do teto. Pela janela viam-se as colinas entre as quais se escondiam as ruínas da aldeia árabe abandonada, Dir Adjlun. O filho e a mãe estavam, os dois, banhados em suor. Os cabelos curtos e espetados na cabeça de Iotam, seus ombros musculosos, as costas largas e bronzeadas numa camiseta azul e o dente da frente que faltava davam-lhe o aspecto de uma contraída violência que ele não tinha. As mãos grandes, de um tamanho fora do comum, descansavam pesadamente sobre os joelhos nus. Estava sentado em sua cama desarrumada e a mãe, em um dos banquinhos. Iotam ofereceu-lhe água fria de um jarro que estava sob a janela, mas Henia recusou com um gesto de descaso, como se espantasse uma mosca.

"Vá falar com Ioav. Não creio que venha dele alguma coisa boa, já falei com ele, mas assim mesmo, tente você também."

"Não vou falar com Ioav, mãe. Não vale a pena. Nunca na vida eles vão permitir que eu vá."

E depois de um breve silêncio acrescentou ainda:

"Eu bem que queria viajar para a Itália. Ou não exatamente para a Itália. Viajar. Mas ser engenheiro mecânico não é para mim. Não tem nada a ver comigo."

"Mas você quer estudar, não quer? E Artur se propõe a custear seus estudos."

"O que eu quero, mais ou menos, é ficar fora daqui por alguns meses. Talvez um ano. Ou dois. E depois veremos."

"Você quer abandonar o kibutz?"

"Não sei. Não disse abandonar. Disse viajar. Veremos. Só sei que estou a fim de ficar longe daqui, pelo menos por algum tempo."

"Você se lembra do Artur, tem alguma lembrança?"

"Não. Quase nenhuma. Lembro que ele gostava de contar piadas, o tempo todo. Fumava cachimbo. E que ele uma vez trouxe patins de presente para mim e o comitê educacional determinou que os patins seriam de todas as crianças da turma. E sei que o kibutz inteiro tem raiva dele desde que ele se recusou a voltar para cá e decidiu ficar na Itália."

Henia disse:

"Seu irmão Guid'on terminou seu serviço militar, trabalhou tranquilamente no cultivo dos cereais durante três anos, casou-se, teve um filho, esperou sua vez e o kibutz o mandou estudar agricultura na Escola Ruppin. Mas você não vai esperar. Você tem a possibilidade de ir agora, e há de ir agora. O que lhe importa o que a assembleia vai decidir? Você voltará para cá engenheiro, e todos que se danem. Ou não voltará para cá."

"Não posso mais ficar aqui, mãe. Se Artur me convidar, eu vou. Contanto que a assembleia concorde. Mas sem engenharia mecânica."

Henia disse:

"A assembleia não vai concordar. O ambiente aqui é cheio de maldade."

Vindo do estábulo, encheu o quarto um cheiro compacto de forragem de cascas de laranja apodrecidas e fermentadas, misturado com o fedor de esterco de vaca. Um mosquito malvado zumbia com um som penetrante junto ao ouvido de Henia. Em vão ela deu um tapa em si mesma, na tentativa de esmagá-lo. Por fim disse:

"Então, você mesmo não sabe o que quer. Vá à secretaria amanhã e converse com Ioav Karni. Ioav é uma pessoa compreensiva. Talvez vocês cheguem a um meio-termo."

Iotam não queria falar com o secretário. Na verdade, não queria falar com ninguém. Nem com sua mãe. O que queria era ir embora. Às vezes, ao anoitecer, saía para passear sozinho entre as ruínas de Dir Adjlun, onde ficava quase uma hora a vagar, entrava na mesquita destruída e na casa do sheik, que fora dinamitada, sem encontrar nada, porque não sabia o que estava procurando, e voltava revigorado para o kibutz. Tinha uma vontade meio nebulosa de examinar os destroços de Dir Adjlun como se lá estivesse escondida sob os montes de pedras, ou na escuridão do poço selado, alguma resposta simples, mas ele não sabia qual seria a pergunta.

Havia entre nós quem dissesse que Iotam Kalish estava perdidamente apaixonado por Nina Sirota, que era cinco ou seis anos mais velha que ele e havia alguns meses tinha se separado de seu marido. Quando ela saiu de sua casa e passou a morar no quarto que o comitê de moradia tinha alocado para ela, na extremidade do bloco C, Iotam apareceu um dia depois de seu trabalho no pomar e, sem dizer uma palavra, revolveu com o forcado a terra do novo jardim dela. Mais de uma vez nós o vimos na entrada do refeitório esperando ela sair e depois a seguindo pelos caminhos do kibutz, até que perdia a coragem, desviava por um caminho lateral e se afastava. Quase nunca ousava falar com ela, mas às vezes, à tarde, ia até a marcenaria e fazia brinquedinhos de madeira para os filhos dela. Entre suas mãos enormes os brinquedos pareciam miniaturas. Quando se penduravam no quadro de avisos na entrada do refeitório listas de inscrição para mutirões de trabalhos especiais nos sábados, percebíamos que Iotam esperava que Nina se inscrevesse para então anotar seu nome para o trabalho no mesmo sábado que ela tinha escolhido. Mas no mutirão mesmo, quase não se dirigia a ela e não tentava conversar. Uma única vez reuniu coragem e lhe perguntou através das fileiras do vinhedo:

"Você está com calor, Nina?"

E ela respondeu com um sorriso:

"Tudo bem, obrigada."

Ela era sempre receptiva a ele e o cumprimentava quando se cruzavam no caminho, perguntava alegremente como ia, como ia sua mãe e quais eram as novidades nos pomares de frutas. Embora na verdade fosse sempre receptiva não só a Iotam como a todas as pessoas do kibutz, até às crianças, e você se sentia envolvido numa agradável tepidez sempre que ela lhe dizia num sorriso palavras convencionais como boa noite, como vai, quais as novidades.

Roni Shindlin dizia:

"*Mazal tov*. Mais um coração partido. O *golem** se apaixonou pela borboleta."

Ela era respeitada entre nós por suas ideias independentes e pela disposição com que se opunha às vezes à opinião e ao estado de espírito correntes. Ela liderava o crescente grupo de mães que queria abolir o sistema em que as crianças dormiam juntas na casa de crianças, para instituir o pernoite na casa dos pais. David Dagan considerava essa ideia terrível e também uma perigosa ameaça aos fundamentos do kibutz, no que era apoiado pela maioria dos veteranos. Nina tinha introduzido nas assembleias do kibutz um elemento subversivo, de permanente intranquilidade, e aconteceu que o secretário, Ioav Karni, a apoiou numa ou noutra questão, para desgosto dos mais conservadores. Trabalhava sozinha na apicultura e fizera dela uma das atividades econômicas mais rentáveis do kibutz Ikhat. Nas assembleias, mais de uma vez defendeu sua ideia de que os homens deviam ter uma participação maior nos serviços, ou seja, na cozinha, na lavanderia, na casa de crianças, e com isso permitir que as mulheres se libertassem um pouco desses trabalhos para se dedicar mais às atividades produtivas. Quando Nina abandonou seu marido, Avner Sirota, houve quem dissesse dela: "Esta garota só sabe destruir".

E houve quem dissesse:

"Esta garota resolveu ser a líder da oposição no kibutz Ikhat."

E ainda houve outros que disseram:

"Quem ela pensa que é."

---

* O *golem*, no folclore judaico, é um monstro feito de barro ao qual se insuflou vida para matar os que perseguiam os judeus no gueto medieval de Praga. Depois de cumprida sua missão, a fórmula mágica que lhe dava vida (escrita num papel) foi retirada e ele se desmanchou no pó de que era feito.

Entre Nina e Ioav Karni, o secretário, tinham sido estabelecidas, desde aquele turno dele na guarda-noturna, relações de cautelosa simpatia e de uma tensa interlocução. Às vezes ele se aconselhava com ela sobre questões que estavam na ordem do dia no kibutz. Nem sempre aceitava sua opinião, mas sempre encontrava nela um traço de originalidade, de pensamento lúcido e de integridade interior. Na quinta-feira encontrou-a no início da tarde sentada num banco de jardim, observando seus filhos, que brincavam na caixa de areia. Sentou-se à sua esquerda e os dois trocaram algumas frases sobre o calor e sobre o problema com a piscina. Depois Nina disse, como a ler os pensamentos dele, que na assembleia de depois de amanhã, no sábado à noite, talvez valesse a pena tentar achar um meio-termo para a questão da viagem de Iotam. Pois um dia, de qualquer maneira, o kibutz vai mandá-lo estudar. E agora, com o convite que lhe enviara o tio, talvez fosse possível antecipar a vez dele na fila para estudos superiores, contanto que fosse para uma profissão que o kibutz escolheria junto com ele, em vez da profissão que o tio escolhera, e que para nós é supérflua. Ioav perguntou:

"Por exemplo?" E Nina respondeu:

"Por exemplo, veterinária. Pois nós temos aqui vacas e ovelhas e aves, sem falar nos animais de estimação. O veterinário da cidade vem até aqui pelo menos uma vez por semana. E pode-se estudar veterinária na Itália também. Iotam poderá voltar para Ikhat depois dos estudos e ser o nosso veterinário, e também o das povoações vizinhas. Por que não?"

E acrescentou:

"Tenho a impressão de que essa profissão tem a ver com ele."

Ioav meditou um instante, deu de ombros e disse que talvez fosse possível, mas não fácil, tentar fazer isso passar na assembleia — mas somente com a condição de que Iotam concordasse em adiar sua viagem por dois anos até chegar sua vez na fila dos estudos.

Nina disse:

"Um ano?"

E Ioav balançou negativamente a cabeça, abriu a boca, tornou a fechá-la, hesitou, e por fim disse:

"Pode-se tentar. Vou falar com ele. O problema é que a mãe dele está pressionando o kibutz inteiro, e com isso aborrecendo todo mundo e mobilizando a opinião pública contra ele. E o outro problema é que todos os veteranos ainda estão furiosos com Artur, que na opinião deles desertou do kibutz quando estava em missão. Parece que Iotam está um pouco apaixonado por você. Quem sabe você poderia tentar falar com ele?"

"Eu também sinto afeição por ele. Mas não estou certa de que ele gostaria que eu o procurasse para tratar da viagem. Acho que isso o deixaria muito constrangido. É melhor que você fale com ele. Você percebeu que ele não tem amigos?"

Ioav disse:

"Entre nós é difícil saber. Todos são companheiros mas poucos são amigos. Eu, por exemplo, tenho aqui somente dois ou três amigos pessoais. Desses em cuja companhia até o silêncio é agradável. Tenho a impressão de que você também não tem muitos mais do que isso." Ele sentiu um forte impulso de lhe dizer que o que havia entre os dois, entre ele e Nina, era algo muito próximo da amizade, mas hesitou e preferiu desistir dessa afirmação.

"Dentro de dez ou vinte anos", disse Nina, "o kibutz vai se tornar um lugar muito mais tranquilo. Agora todas as molas ainda estão contraídas ao máximo e toda a máquina ainda trepida de tanto esforço. Os companheiros veteranos são na verdade pessoas de fé que abandonaram a religião e em seu lugar adotaram uma religião nova, cheia de pecados e transgressões e cheia de proibições e de regras rígidas. Eles de fato não deixaram de ser ortodoxos e só trocaram uma ortodoxia por outra. Marx é o

Talmude deles. A assembleia é a sinagoga e David Dagan é o rabino. Temos aqui umas figuras que posso imaginar facilmente usando longas barbas e cachos laterais, ou com um véu na cabeça. Mas aos poucos os tempos vão mudar e no lugar desses religiosos irão surgindo pessoas como você, Ioav, mais serenas do que os veteranos, homens que têm paciência e dúvidas e comiseração."

"Mas você está completamente enganada quanto a mim, Nina. Também tenho princípios dos quais tento não me afastar. Também acho que o kibutz não existe sem uma estrutura, sem regras e sem princípios básicos. Veterinária, talvez, sim, é uma ideia. Também tem mais a ver com Iotam do que engenharia mecânica. Sim. Talvez. Mas não agora. Dentro de dois anos, quando chegar a vez dele de sair para estudar. Isso eu posso tentar fazer passar na votação da assembleia no sábado à noite. Nem engenharia mecânica nem agora, e sim veterinária e dentro de dois anos."

"Um ano?"

"Vai ser difícil. Vai suscitar uma grande luta na assembleia. David Dagan vai empinar e relinchar, desfraldar bandeiras. Os jovens provavelmente vão se dividir na votação, vai ser difícil e complicado, Nina."

Na manhã de sábado, dia em que haveria o debate e a votação sobre a questão dos estudos de Iotam na Itália, David Dagan foi até o quarto de Iotam Kalish, que ficava no bloco dos barracões de madeira. Iotam, que mal tinha acordado, ainda estava de camiseta e cuecas, e suas mãos enormes puxaram o lençol para cobrir a parte de baixo do corpo e ocultar sua ereção matinal. David vestia calças cáqui muito bem passadas e uma blusa azul-celeste de mangas curtas, de cujo bolso despontava uma bateria de três canetas. Sua postura, muito ereta, era quase militar, os ombros eram quadrados e fortes. A cabeleira grisalha estava um pouco revolta, não totalmente, mas de forma moderadamente travessa. David, que havia alguns anos tinha sido o educador de Iotam no instituto educacional, lançou uma saudação sabática, *Shabat shalom*, e sentou-se num canto da cama desarrumada. Iotam hesitou, vestiu num movimento desajeitado e sob a proteção do lençol um par de calças de trabalho que estava jogado no chão e se curvou para ligar o ventilador. David o observou atentamente até ele terminar e se empertigar, então indicou para Iotam um dos banquinhos de vime trançado. Iotam obedeceu e se sentou.

"Estou preocupado", David atacou o assunto sem fazer introduções, "com a situação de Henia. Não está sendo fácil para ela passar por tudo isso. Você botou sua mãe numa situação complicada diante da nossa comunidade."

Iotam ficou calado, os olhos fixos na janela.

"Enquanto isso me dizem que na fruticultura você é um excelente trabalhador."

Iotam continuou calado.

"Você quer ser engenheiro mecânico?"

"Não exatamente, mas..."

"Mas você está sufocando aqui e o imenso mundo o atrai e seduz", disse David sem um ponto de interrogação no fim da frase. "Você vai se espantar, mas a mim também o grande mundo atrai e seduz. Eu gostaria muito de alguma vez conhecer Roma, Florença, Veneza, Nápoles."

Iotam encolheu os ombros. David pôs a mão em seu joelho e disse baixinho:

"Mas todo judeu da geração em que aconteceu o Holocausto e dos anos seguintes ao estabelecimento do Estado de Israel, cada um de nós deve considerar a si mesmo uma pessoa mobilizada para uma missão. Estes são os anos mais críticos em toda a história do povo judeu."

Iotam disse:

"A questão é esta: eu não posso mais. Não tenho ar para respirar."

David se calou e olhou para Iotam com curiosidade e afeto. Depois desse silêncio disse:

"Está bem. Viaje."

E acrescentou:

"Dê-me um minuto para pôr um pouco de ordem nas coisas. Decidi recomendar esta noite na assembleia do kibutz a aprovação de um período de duas ou três semanas de férias especiais para você, levando em consideração uma crise de natureza pessoal. Vá para a Itália. Vá visitar o seu tio. Espaireça um pouco. Depois você voltará para nós com forças renovadas e vai retornar a seu trabalho nos pomares de frutas."

Iotam tentou dizer alguma coisa, mas David Dagan pousou uma mão paternal em seu ombro e cortou:

"Pense nisso, por favor. Pense até a noite." E ao sair disse ainda: "Não obrigue a assembleia, tomara que não, a bater a porta na sua cara, Iotam, e especialmente na de Henia. Pense com calma na minha proposta. Resolva, por favor, até a noite."

Às duas da tarde, quando o opressivo ar quente e seco esmagava tudo sob ele e o céu baixo tinha uma cor de areia suja, Iotam saiu de seu quarto e desceu o caminho de concreto que atravessava o bloco C em direção aos estábulos e galinheiros. Os espaços exteriores do kibutz estavam desertos, porque todos dormiam a sesta dos sábados. Ninguém cruzou com ele, a não ser um cão sedento, o que fez Iotam se deter um instante para abrir-lhe uma das torneiras do jardim. O cão sorveu a água em lambidas ruidosas, a cabeça e o focinho encharcados, depois se sacudiu espalhando gotículas de água, ofegando, abanou rapidamente a cauda e se dobrou sobre as patas dianteiras, como que fazendo uma reverência. Iotam lhe fez um carinho distraído e continuou seu caminho entre gramados que desmaiavam no calor e árvores que pareciam inanimadas, pois nenhum vento sequer as tocava.

Quando passou pela casa de Nina Sirota ele apertou o passo, esperando que ela não saísse por acaso exatamente agora, mas ao mesmo tempo esperando que a porta se abrisse e ela saísse e falasse com ele sobre a Itália e talvez o compreendesse. Embora não fizesse ideia do que poderia dizer a ela. Todo o kibutz está falando sobre seu pedido de ser enviado à Itália, e esta noite ele estará diante da assembleia e o secretário lhe passará a palavra e trezentos pares de olhos o encararão com raiva e ele ainda não tem a menor noção do que poderá dizer. E se Nina sair do quarto exatamente agora? O que poderá dizer a ela?

Entre os estábulos se elevavam pilhas de forragem fermentada e sobre o chão de terra rolavam pneus velhos, refugos de metal e alguns latões de ordenha enferrujados e fora de uso. Espinheiros de urtiga e flores-de-pau cresciam entre um estábulo e outro e entre esses espinheiros amarelavam pedaços de jornal velho. Iotam atravessou a área dos estábulos e galinheiros e saiu do kibutz pelo portão traseiro, que chamávamos de "portão dos lixos".* O breve caminho o levou entre um campo arado à sua direita e um vinhedo à esquerda. No ar quente e opressivo, os campos e o vinhedo estavam envoltos em poeira e rapidamente Iotam sentiu que ela penetrava por baixo da roupa e grudava

---

* Assim também é chamado um dos portões da muralha que cerca a cidade velha de Jerusalém e que se tornou famoso durante a Guerra dos Seis Dias (1967).

em seu corpo suado. Nenhuma brisa movia o ar coagulado. Parou um pouco junto ao cemitério, pensou por um momento em passar pela sepultura do pai, que morrera de uma doença renal quando Iotam tinha onze anos, mas reconsiderou e se contentou com sentar por cinco minutos no banco que havia na entrada do cemitério. Pensou no pai, que fora um dos fundadores do kibutz e trabalhara a vida inteira no redil de ovelhas e durante a Guerra de Independência tinha sido gravemente ferido na noite em que o kibutz Ikhat fora conquistado e inteiramente queimado por uma multidão de árabes vindos de Dir Adjlun e das aldeias vizinhas. Depois de seis semanas a sorte virou e Dir Adjlun foi destruída pelo exército israelense, todos os seus habitantes foram expulsos para as montanhas e suas terras divididas entre os kibutzim da região. Depois pensou em Artur, que ousara desobedecer à assembleia, cortara todo contato com o kibutz e com o país, se recusara a continuar mobilizado após a guerra terminar e construíra sua vida do jeito que quis e somente do jeito que quis. Eu também posso me levantar e ir embora daqui e construir minha vida do jeito que eu quero. David Dagan me disse que nesta geração, a geração do Holocausto e da Guerra de Independência de Israel, cada um de nós deve estar mobilizado. Para essa afirmação Iotam não encontrou nenhuma resposta. Mas em seus pensamentos assomou de repente a expressão em hebraico, *mekomó lo iakirenu*, "este não é o seu lugar". Levantou-se do banco e caminhou ainda uns vinte minutos pelo caminho que serpenteava entre os campos arados, até penetrar entre as colinas. Por algum motivo parecia a Iotam que ali, nas colinas, o terrível calor era mais brando do que na planície. Mas os espinheiros e os cactos pontiagudos que cresciam à beira do caminho e também as pedras nuas nos declives ardiam de tanto calor e Iotam sentiu que estava todo mergulhado em suor. Sua garganta estava seca e rouca. Os pés calçados em sandálias abertas estavam imundos de uma mistura de suor e poeira.

Às três horas da tarde, quando um sol predador fustigava os destroços e fazia ferver a poeira e as pedras, Iotam chegou às ruínas de Dir Adjlun. Durante quarenta minutos vagou por ali, apalpando com os dedos os resquícios fuliginosos da mesquita decepada, curvou-se para erguer um gargalo de cerâmica que pertencera uma vez a uma jarra, passou por uma pedra de moinho semienterrada. Circulou por trilhas repletas de fragmentos de cerâmicas e espinheiros. Um lagarto ou agamá assustado passou numa corrida em diagonal por baixo dele. Eis uma reverberação de cheiro de fumaça no ar, para ele não estava claro de onde vinha esse cheiro, talvez de uma fogueira de espinheiros ao longe. Finalmente chegou ao poço entulhado, de cuja escuridão se elevava um leve fedor de carcaças. Iotam sentou-se à beira do poço e esperou, sem saber o que nem por quê. De longe lhe chegavam os sons do kibutz, estranhos e melancólicos, em pulsações surdas, como que de trás de um grosso muro de pedras. O eco de metal batendo em metal. O latido abafado de cães. O ronco áspero de um motor, talvez de um trator no qual alguém tem dificuldade para dar a partida, e também a voz de um homem que grita e torna a gritar além da distância e do ar abafado. Ele se inclinou sobre a boca do poço, mas dentro dele viu só escuridão e pareceu-lhe ouvir certo rumor sempre igual e contínuo, o rumor de um mar distante, como aquele que se ouve quando se leva uma concha ao ouvido. Por um momento teve a impressão de que já abandonara o kibutz e saíra para uma vida nova, uma vida onde não há comitês nem assembleias nem opinião pública nem a sina dos judeus. Depois de um instante lembrou-se de Nina Sirota e se perguntou se ela também, como quase todo o kibutz, votaria esta noite contra ele. E respondeu a si mesmo que nem Nina nem ninguém no kibutz tem qualquer motivo para apoiar o pedido dele, e que se tal pedido fosse apresentado por um dos outros jovens talvez ele mesmo, Iotam, dissesse a si mesmo A troco de quê, e levantaria a mão contra. Agora estava claro para ele que a verdadeira questão não é o convite de Artur, mas se ele realmente tem coragem bastante para abandonar o kibutz, sua mãe e seu irmão, e sair sozinho e de mãos vazias para o mundo. Para essa pergunta ele não tinha resposta. Espinhos e folhas secas grudavam em sua roupa, ele se levantou, sacudiu as calças e a blusa e se dispôs a ir embora, quando, na verdade, o que desejava mais do que tudo era ficar ali sentado entre as ruínas de Dir Adjlun, à beira do poço entulhado, imóvel e sem qualquer pensamento, e esperar.

Esperanto

A vizinha de Martin Vanderberg, Osnat, entrou para visitá-lo ao anoitecer. Levava nas mãos uma bandeja e sobre ela um prato coberto com outro prato e uma xícara coberta com um pratinho. Martin vivia sozinho e tinha uma doença respiratória, que adquirira de tanto fumar. Durante a tarde ficava sentado em sua pequena varanda lendo o jornal e às vezes respirando por uma máscara presa a um balão de oxigênio, pois os pulmões já não assimilavam ar suficiente. Durante a noite, no meio do sono, às vezes também respirava com a ajuda do aparelho de oxigênio. E mesmo assim se levantava cedo a cada manhã, às seis horas, e ia trabalhar três ou quatro horas na oficina de sapateiro, enquanto tinha forças. Era um fiel seguidor de princípios e acreditava que todos nós temos a obrigação de nos dedicar de corpo e alma ao trabalho físico. O trabalho, dizia, é uma obrigação moral e também espiritual.

"Eu lhe trouxe uma coisa leve do refeitório. É melhor você agora largar o jornal e comer."

"Obrigado. Não estou com fome."

"Você tem de comer. Coma ao menos o omelete e a salada."

"Talvez mais tarde."

"Mais tarde o omelete vai estar frio e a salada sem gosto."

"Eu também já estou esfriando e ficando sem gosto. Obrigado, Osnat. Realmente, você não tem obrigação alguma de se preocupar comigo."

"E quem vai se preocupar com você?"

Osnat era vizinha de Martin Vanderberg e já havia alguns meses, desde que Boaz a abandonara e fora morar com Ariela Barash, que ela estava sozinha. Todo dia, ao anoitecer, levava numa bandeja o jantar para Martin, pois a caminhada até o refeitório, subindo a colina, ficara difícil para ele e o fazia ofegar. Ele chegara a nós sozinho, vindo de outro kibutz, um kibutz de imigrantes da Holanda, que abandonara por causa de uma disputa de princípios: eles lá tinham permitido que os *chaverim* do kibutz que fossem sobreviventes do Holocausto mantivessem para si em contas fechadas no banco parte do dinheiro de reparações da Alemanha, e Martin, ele mesmo um sobrevivente, achava que a riqueza é mãe de todo pecado, especialmente dinheiro da Alemanha, obtido com o sacrifício dos mortos.

Era um homem obstinado e instruído, magro, com cabelo cinzento e encaracolado, duro como palha de aço, pequenos olhos negros e penetrantes, sobrancelhas densas e espessas; tinha os ombros caídos e sua respiração soava como um chiado alto por causa do enfisema. Apesar da doença fumava de vez em quando meio cigarro, pigarreando e recusando-se a se dobrar. Em sua juventude em Rotterdam, tinha sido professor de esperanto, mas desde que viera para o país, em 1949, não tivera oportunidade de usar essa língua maravilhosa. Tinha a intenção de formar aqui em nosso kibutz Ikhat um grupo de estudos do esperanto. Acreditava na abolição de todos os estados nacionais e numa fraternidade mundial e pacifista que se libertaria depois que as fronteiras entre os povos fossem eliminadas. Quando veio para nosso kibutz pediu para aprender a profissão de sapateiro e exercê-la, e realmente consertava muito bem os nossos sapatos, e também fazia, sozinho, sapatos e sandálias para as crianças. O doutor sapateiro, era como nós o chamávamos.

No kibutz Ikhat ele era tido como um modelo de moralidade. Mais de uma vez, nas assembleias do kibutz, Martin nos lembrava a todos com que objetivo fora criada essa instituição e quais eram seus ideais originários. Assim mesmo havia quem o considerasse um excêntrico, porque em todos os anos em que esteve conosco não faltara a um só dia de trabalho. Se adoecia e tinha de guardar o leito por um ou dois dias, abria a oficina de sapateiro nos sábados e devolvia à comunidade os dias que faltavam. Achava que o mundo inteiro iria despertar em breve e abolir completamente o dinheiro, porque o dinheiro era a raiz de todo o mal, a causa permanente de guerras, conspirações e exploração. Era também vegetariano. Roni Shindlin, o palhaço, o chamava de Gandhi do kibutz Ikhat. Em Purim, dois anos antes, Roni tinha se fantasiado de Martin Vanderberg e aparecido na festa enrolado num lençol branco, arrastando atrás de si uma cabra que tinha pendurada no pescoço uma tabuleta em esperanto: EU TAMBÉM SOU GENTE.

Osnat disse:

"Se você comer, eu fico aqui um pouco com você. E também vou tocar duas ou três músicas até você adormecer."

"Não estou com fome."

"Se você comer pelo menos metade do omelete eu toco uma música, e se comer meio omelete e iogurte eu toco duas, e se comer também salada e pão você poderá me dar uma pequena palestra."

"Você pode ir. Vá. Tem música lá fora. Tem também muitos rapazes jovens, tem danças, vá. Vá embora."

E depois de um minuto:

"Está bem. Está bem. Você venceu. Concordo. Vou comer um pouco. Aí está. Veja você mesma. Estou comendo."

Osnat tinha trazido consigo uma flauta simples, dessas que aqui se distribuem entre os alunos das primeiras séries, e enquanto Martin comia ela tocou para ele "À beira do mar da Galileia há um palácio esplendoroso" e depois "Dizem que há um país". Martin comeu um pouco do omelete, provou um pouco do iogurte contorcendo o rosto enrugado, não tocou na salada nem no pão, mas permitiu que Osnat lhe servisse um chá morno numa xícara que tinha trazido do refeitório. Ele não tinha no quarto nem um bule seu nem xícaras suas, por questão de princípio: a prática de juntar coisas é a maldição da sociedade humana. É da natureza das coisas materiais se apoderar lentamente da alma e escravizá-la. Martin tampouco acreditava na instituição familiar, porque a vida do casal em si mesma cria uma barreira supérflua entre a célula familiar e a sociedade. Achava que a comunidade como um todo tinha de criar e educar todas as crianças, e não só seus pais biológicos. Tudo aqui pertence a todos nós, todos nós pertencemos uns aos outros e as crianças têm de ser crias de todos nós.

O quarto em que Martin Vanderberg morava era mobiliado com uma simplicidade monástica: uma cama, uma mesa, um grande caixote munido de uma cortina no qual pendurava as roupas de trabalho e as roupas de lazer e mais um caixote comprido apoiado em pés de ferro que ele usava para guardar seus livros, em seis idiomas, entre os quais obras de filosofia e de pesquisa, quatro ou cinco romances em alemão, em holandês e em esperanto, um ou outro livro de poesia, alguns dicionários e uma Bíblia ilustrada por Gustave Doré. Na parede estava pendurado o retrato de Ludwig Lazarus Zamenhof, o criador do esperanto, língua que um dia seria falada por todos os habitantes do mundo nos cinco continentes para que fossem abolidas todas as barreiras entre um homem e outro, entre um povo e outro, como tinha sido antes da maldição da Torre de Babel.

Osnat levou Martin Vanderberg até a cama e acariciou levemente sua testa. Ela deixou uma luzinha acesa junto à cama e apagou a luz do teto. Martin não adormecia deitado e sim sentado, as costas e os ombros apoiados em travesseiros altos, para facilitar a respiração. Toda noite ele ficava sentado assim em sua cama, esperando o sono chegar. Dormia pouco, e um sono intermitente. Osnat ajustou a máscara de oxigênio sobre o nariz e a boca e através dela despontavam os fios grisalhos de suas faces encovadas. Ela lhe ajeitou o cobertor e perguntou se ele ainda precisava de algo. Martin disse:

"Não, obrigado. Você é um anjo."

E depois disse:

"O homem é, por natureza, bom e gentil. São só as distorções da sociedade que o empurram para o egoísmo e a crueldade."

E acrescentou:

"Todos nós temos a obrigação de voltar a ser inocentes como as crianças."

De onde estava, junto à porta, Osnat respondeu:

"Crianças são criaturas mimadas, egoístas e cruéis. Exatamente como nós."

Mas como nem ele nem ela tinham filhos e como não queriam se despedir em desacordo, nenhum dos dois acrescentou qualquer coisa a essa discordância e só se desejaram uma boa noite. Depois que ela saiu, a pequena luz continuou acesa junto à cama de Martin. Aproveitando que Osnat tinha ido embora, ele tirou um maço de cigarros de sob o travesseiro, fumou meio cigarro, amassou o toco no cinzeiro, pigarreou um pouco e devolveu o rosto à máscara de oxigênio. Sua respiração dentro da máscara era rápida e superficial, enquanto lia sentado, as costas apoiadas nos travesseiros, um livro escrito por um conhecido anarquista italiano, no qual se dizia que a autoridade e a obediência a ela eram contrárias à natureza humana. Depois cochilou sentado, a máscara transparente cobrindo a metade inferior de seu rosto, mas não apagou a luz. Até o amanhecer a luz junto a sua cama ficou acesa, apesar de Martin sustentar a ideia de que o desperdício é equiparável à exploração e a economia é um dever moral. Mas a escuridão o apavorava.

Ao sair Osnat levou consigo a bandeja, sobre a qual ficara a maior parte da comida. Ela a pôs sobre os degraus da varanda para devolvê-la ao refeitório do kibutz na manhã seguinte cedinho, em seu caminho para o trabalho na lavanderia. Depois saiu para um breve passeio ao longo da aleia dos ciprestes, sob a luz dos lampiões. Desde que Boaz a abandonara para ir morar com Ariela Barash, Osnat ficava atenta a tudo que se passava a sua volta, às conversas das pessoas que cruzavam com ela indo e vindo, ao som dos pássaros e dos cães. No início do passeio teve a impressão de que Martin estava sufocando e a chamando para que voltasse até ele, mas compreendeu que era só sua imaginação e que mesmo se a estivesse chamando ela não poderia ouvi-lo de onde estava.

Sentada sozinha num banco no meio da aleia dos ciprestes estava vovó Slava, num largo vestido de algodão e calçando sandálias que deixavam ver seus artelhos tortos, vermelhos e grosseiros. Era viúva e tinha perdido um filho, e as pessoas aqui tinham medo dela, chamavam-na de bruxa e de monstro, porque vivia xingando a torto e a direito e às vezes cuspia no rosto de quem a irritava. Osnat cumprimentou-a com um boa-noite e vovó Slava, com amargura e desdém, perguntou a Osnat o que havia, o que tinha acontecido, o que era tão bom assim nessa noite quente e úmida?

Ao voltar para seu quarto, Osnat se serviu de um copo de água gelada com essência de limão e descalçou as sandálias. Ficou descalça junto à janela aberta e disse consigo mesma que a maioria das pessoas, pelo visto, precisa de mais calor e afeto do que os outros são capazes de dar e que esse déficit entre a demanda e a oferta nenhum dos comitês do kibutz, nunca, conseguirá cobrir. O kibutz, pensou, muda um pouco as disposições da sociedade, mas a natureza humana não se modifica, e essa natureza não é fácil. Não se pode abolir de uma vez por todas a reles inveja e a mesquinhez numa votação em instituições do kibutz. Lavou o copo do qual bebera e o pôs emborcado no secador, despiu-se e deitou-se para dormir. Uma parede fina separava a sua cama da de Martin e ela sabia que se ele tossisse ou pigarreasse durante a noite ela iria acordar imediatamente, vestir um roupão e correr em seu auxílio. Seu sono era muito leve, seus ouvidos captavam cada latido de um cão no escuro, cada grito de uma ave noturna, cada rumor do vento entre os densos arbustos. Mas a noite transcorreu em silêncio, e só os ventos da noite sopravam nas folhagens do fícus. Um orvalho pesado caiu sobre os gramados na madrugada e a luz da lua se derramou sobre tudo acendendo nas gotas de orvalho um brilho pálido de prata.

Antes das seis da manhã os pombos acordaram Osnat e ela se lavou, se vestiu, bateu à porta de Martin para verificar se ele estava bem, recolheu a bandeja do dia anterior e foi trabalhar na lavanderia. O próprio Martin se levantou pesadamente, vestiu-se devagar, ofegando com o esforço de se curvar para amarrar os sapatos, bebeu água e foi para a oficina de sapateiro, fazendo rolar à sua frente o pequeno balão de oxigênio montado num velho carrinho de criança que o comitê de saúde lhe tinha fornecido.

Ele andava devagar, arrastando os pés, porque sua respiração era curta. Especialmente nas subidas. Junto ao galpão de material elétrico ele encontrou Nahum Ashrov, o eletricista, e os dois conversaram por um momento sobre política e sobre o governo de Ben Gurion. Nahum disse a Martin que esse governo desafia o mundo inteiro com suas operações de represália e Martin respondeu que todos os governos, sem exceção, são totalmente supérfluos e que o nosso é duplamente supérfluo porque os judeus já demonstraram ao mundo como um povo pode existir e até florescer durante milhares de anos, espiritual e culturalmente, sem ter governo algum. Enquanto falava Martin acendeu meio cigarro, mas não tinha dado mais de duas tragadas quando ficou sufocado. Apagou o meio cigarro e guardou o toco no bolso.

Nahum Ashrov disse:

"Não fume, Martin. A você não é permitido fumar."

"O que não é permitido é dizer ao próximo o que lhe é permitido e o que não é", respondeu Martin, "todos nós nascemos livres, mas com nossas próprias mãos cada um submete o outro a todo tipo de correntes."

"Mas temos de cuidar um do outro", observou Nahum com tristeza.

Martin sorriu com seus lábios afundados:

"Está tudo bem, Nahum. Você certamente tinha de me alertar e eu certamente tenho de fumar. Cada um de nós faz o que tem de fazer. Tudo bem."

No barracão que servia de oficina de sapateiro, sentado num banquinho de vime trançado e cercado de odores penetrantes de couros, de laca e de cola, Martin depositou o balão de oxigênio sobre um caixote a seu lado e puxou a máscara sobre o rosto. Assim, com o rosto coberto, empunhou a afiada lâmina de sapateiro e recortou com precisão uma sola esquerda de um pedaço de couro, seguindo o traço a lápis que antes tinha feito sobre ele. Uma pequena garrafa com água, nem fria nem quente, estava diante dele no chão, e de vez em quando ele afastava um pouco a máscara e bebia dois ou três goles. O trabalho, dizia a si mesmo, devolve a cada um de nós a simplicidade e a pureza de nossa primeira infância. Dentro dele surgiu e aflorou uma antiga melodia espanhola, o hino dos combatentes republicanos na Guerra Civil Espanhola, e Martin o cantarolou baixinho.

Pouco depois das oito horas chegou Ioav Karni, o secretário do kibutz, e disse:

"Vim incomodar você por alguns minutos. Precisamos conversar."

Martin disse: "Sente, rapaz". Depois tirou o balão de oxigênio de cima do caixote, pondo-o sobre o chão a seus pés, e acrescentou: "Aqui não tem muito onde sentar. Sente neste caixote".

Ioav se sentou e Martin desculpou-se por não ter café para lhe servir. Ioav agradeceu e disse que o café não era necessário. Martin considerava Ioav um jovem íntegro, dedicado e modesto, mas, como todos em sua geração, carente de uma visão de mundo bem estruturada. São todos bons rapazes, pensava Martin, todos honestos e prontos para qualquer trabalho duro, mas nenhum deles é um entusiasta e nenhum deles arde numa fúria interna contra as distorções da sociedade. Agora que a direção passou dos pioneiros fundadores para Ioav e seus companheiros, o kibutz está condenado a deslizar lentamente para o status de pequena burguesia. E as garotas, evidentemente, serão o catalisador desse processo. Dentro de vinte ou trinta anos os kibutzim vão passar a ser não mais do que bairros-jardins bem cuidados e seus habitantes serão seus proprietários, inflados de prazer.

Ioav disse:

"É o seguinte. Nos últimos tempos alguns companheiros vieram falar comigo sobre você. Lea Shindlin também me procurou, em nome do comitê de saúde. O médico disse a ela expressamente que você não pode continuar a trabalhar na oficina de sapateiro e todos nós concordamos com ele. O ar neste barracão é denso e sufocante, o cheiro dos couros e da cola com certeza é prejudicial a sua saúde. Todo o kibutz acha que você já trabalhou bastante, Martin. Agora chegou o momento de descansar um pouco."

"Quem é que vai trabalhar na oficina? Quem sabe você?"

Martin afastou do rosto a máscara de oxigênio, tirou do bolso o meio cigarro amassado, acendeu-o com a mão trêmula, aspirou a fumaça e engasgou.

"Mas nós já achamos um profissional para substituí-lo provisoriamente na oficina. Tem um sapateiro, novo imigrante da Romênia, que mora aqui perto de nós, no acampamento provisório para novos imigrantes. Está desempregado. Sob o ponto de vista moral, Martin, é perfeitamente adequado empregá-lo e, com isso, dar algum sustento a toda uma família."

"Mais um trabalhador assalariado? Mais um prego no caixão de nosso princípio kibutziano de não contratar trabalho assalariado, com sua mais-valia capitalista embutida, e realizar nós mesmos qualquer trabalho, seja qual for?"

"Só até encontrarmos entre nós quem possa substituir você nesse trabalho."

Martin amassou o cigarro com cuidado sobre o tampo de sua mesa de sapateiro, limpou a cinza enegrecida e pôs o toco no bolso da blusa, tossiu e pigarreou, mas não tornou a cobrir o rosto com a máscara de oxigênio. Seu rosto, coberto de pelos grisalhos, assumiu um ar de espicaçante ironia:

"E eu?", disse num meio sorriso. "É o fim? *Kaput*? Para o lixo?"

"Você", disse Ioav, pondo a mão no ombro de Martin, "você poderá vir ficar comigo, na secretaria, e trabalhar comigo uma ou duas horas, todas as manhãs. Organizar um pouco os documentos. Decidimos, a partir de agora, guardar num armário especial todos os papéis da secretaria. Talvez não exatamente um arquivo, mas algo parecido. Digamos, o núcleo para um futuro arquivo. Você ficará conosco e classificará o material em pastas. Longe do ar sufocante da oficina de sapateiro."

Martin Vanderberg ergueu do chão um sapato de trabalho empoeirado que tinha a biqueira aberta, colocou-o com cuidado na forma, com a sola para cima, passou na sola uma camada de cola espessa que exalava um cheiro penetrante e ativo, escolheu alguns preguinhos numa caixa sobre a mesa e pregou a sola no corpo do sapato com cinco ou seis marteladas curtas e precisas.

"Mas como é que se pode pegar um homem e arrancá-lo de seu trabalho contra a sua vontade só porque sua saúde ficou comprometida", observou em voz baixa, como se estivesse falando consigo mesmo e não com Ioav, "quando entre nós um crime darwinista como esse é inimaginável?"

"Nós simplesmente estamos preocupados com você, Martin. Todos queremos o seu bem. E essa decisão é na verdade uma decisão do médico, não nossa."

Martin Vanderberg não respondeu. À sua esquerda havia uma pequena máquina de costura movida a pedal e ele a usou para reparar uma sandália rasgada. Costurou a tira duas vezes, reforçou o local da costura com o auxílio de um pequeno grampeador de metal e pôs a sandália consertada numa prateleira atrás dele. Ioav Karni se levantou, deslocou delicadamente o balão de oxigênio do chão para o caixote onde estivera sentado e disse hesitante:

"Não tem pressa nenhuma. Apenas pense sobre isso, Martin. Nós insistimos em que você leve em consideração nossa proposta. Nosso pedido, melhor dizendo. Lembre-se que todos nós aqui só queremos o seu bem. A atividade de arquivista na secretaria, uma ou duas horas toda manhã, também é trabalho.

Afinal, não esqueça que as instituições do kibutz têm todo o direito de transferir um *chaver* de um trabalho para outro, segundo seu próprio discernimento."

Ao sair, Ioav tornou a dizer, hesitando:

"Não se apresse em me dar uma resposta. Pense nisso uns dois dias. Com bom senso."

Martin Vanderberg não pensou na proposta de Ioav e não lhe respondeu nem dois dias depois nem após um mês. Sua respiração piorou, mas ele não abriu mão de seus meios cigarros. Para Osnat, que lhe levava toda noite do refeitório um prato e uma xícara cobertos, ele dizia:

"O homem é basicamente bom e gentil e honesto e é só o ambiente que nos corrompe."

Osnat dizia:

"Mas o que é o ambiente? No final das contas, mais homens."

Martin dizia:

"Durante a guerra eu me escondi dos nazistas, Osnat, mas várias vezes eu os vi bem de perto. Rapazes simples, de maneira alguma monstros, um pouco infantis, barulhentos, gostavam de fazer piada, tocavam piano, davam de comer aos gatinhos, só que tinham passado por uma lavagem cerebral. Foi só porque tinham passado por uma lavagem cerebral que fizeram coisas terríveis, apesar de pessoalmente não serem terríveis, e sim estragados. Ideais corrompidos os estragaram."

Osnat ficava calada. Pensava consigo mesma que a crueldade é mais disseminada no mundo do que a compaixão, e às vezes a própria compaixão é uma forma de crueldade. Depois tocava para ele na flauta três ou quatro melodias, se despedia e levava consigo a bandeja com a refeição que Martin quase não tocara. Ia pensando que a crueldade está profundamente arraigada em todos nós e que até em Martin havia uma boa medida dela, pelo menos de crueldade para consigo mesmo. Mas achava que não valia a pena discordar abertamente dele, porque aquela convicção lhe fazia bem e porque ele era uma pessoa que não fazia mal a ninguém e pelo visto nunca fizera, ao menos intencionalmente. Osnat sabia que Martin estava se extinguindo. Ela conversou com o médico e ele lhe dissera que não se esperava nenhuma melhora e que quando a respiração começasse a falhar seria necessário levá-lo para o hospital. Lea Shindlin, do comitê de saúde, propôs que na distribuição de trabalho se alocassem quatro horas por semana para Osnat cuidar de Martin, mas Osnat respondeu que ela cuidava dele por amizade e não precisava ser compensada por isso no cômputo das horas de trabalho. As horas vespertinas na companhia do homem doente, suas conversas breves, a gratidão dele, o mundo de ideias e de pensamentos que ele abria diante dela, tudo isso lhe era muito caro, e ela estremecia só de pensar que essa ligação poderia acabar dentro de não muitos dias.

No quadro de avisos na entrada do refeitório, Osnat pendurou um dia um aviso escrito na caligrafia afilada de Martin:

Aviso aos interessados: toda quarta-feira, entre seis e sete horas da noite, terá lugar na sala de lazer uma aula de esperanto para iniciantes, sob a orientação de Martin V.

O esperanto é uma língua nova e fácil, cujo objetivo é unir a humanidade inteira e ser pelo menos a segunda língua de todos os seres humanos. É uma língua cuja gramática é simples e lógica, sem exceções, e com poucas aulas já se pode começar a falá-la e escrevê-la. Os interessados devem se inscrever ao pé deste aviso.

Três pessoas se inscreveram à margem do aviso: primeiro, a própria Osnat, depois Tzvi Provizor e por último o rapaz chamado Moshe Iashar, da décima primeira série do instituto educacional. Na quarta-feira seguinte, empurrando diante de si o velho e rangente carrinho de criança onde acomodara seu balão de oxigênio, Martin Vanderberg se arrastou até a sala de lazer para dar início às aulas de esperanto. Osnat, que o acompanhava, segurou delicadamente seu braço, mas ele se livrou desse apoio e teimou em avançar sozinho e com suas próprias forças. Caminhando em passos arrastados, parando algumas vezes na subida quando perdia a respiração, mas firme em sua decisão, chegou à sala de lazer cerca de dez minutos antes da hora marcada e sentou-se para esperar seus alunos. Enquanto não chegavam fumou meio cigarro, respirou pela máscara de oxigênio, folheou um pouco os jornais da tarde, onde só encontrou barbaridade e feiura e uma dose maciça de lavagem cerebral. Osnat serviu-lhe um copo de chá de um samovar que havia no canto da sala e Martin pousou por um momento sua mão grossa e sulcada sobre o dorso da mão direita dela. Ela tinha a mão delicada, com dedos longos, e ainda se notava a marca clara da aliança que tinha tirado depois que Boaz a abandonara. Ela retirou a mão e a pousou no dorso da mão dele. Ficaram assim sentados e calados durante alguns minutos, os dedos dela cobrindo os dele, que tinham as unhas azuladas por deficiência de oxigenação, até que a porta se abriu e Tzvi Provizor entrou, balbuciou um boa-noite e se sentou num canto, junto ao aparelho de rádio, as costas arredondadas e o rosto moreno e enrugado, curvado sobre os joelhos, e esperou sem dizer nada. Martin dirigiu a Tzvi algumas palavras de elogio aos jardins do kibutz Ikhat e Osnat acrescentou:

"Eu gosto particularmente da cobertura com a parreira e do repuxo com os peixes ornamentais que você construiu na praça em frente ao refeitório. Você fez do kibutz Ikhat um lugar agradável para se passear."

Tzvi agradeceu aos dois e disse que o problema é que havia alguns jovens que cortavam caminho por cima de gramados recém-irrigados e com isso acabavam com a grama. Enquanto falava entrou Moshe Iashar e perguntou educadamente se a aula era só para *chaverim* do kibutz ou também para alunos do instituto educacional. Martin Vanderberg disse: "Não temos restrições ou limitações. Somos por princípio contra qualquer fronteira."

Martin tossiu e começou a aula com algumas breves explicações: quando os seres humanos falarem uma língua comum, não haverá mais guerras, porque o uso de um idioma compartilhado evitará mal-entendidos entre pessoas e também entre os povos. Tzvi Provizor observou que os alemães e os judeus alemães falavam a mesma língua, e isso não evitou as perseguições e o assassinato. Moshe Iashar levantou a mão hesitantemente e quando Martin lhe passou a palavra lembrou que Caim e Abel pelo visto também falavam a mesma língua. Martin perguntou-lhe por que, então, ele viera estudar esperanto. O rapaz não respondeu logo. Por fim se recompôs e balbuciou meio desanimado que talvez o estudo do esperanto o ajudasse a estudar depois outras línguas.

Martin fumou meio cigarro, pigarreou, tossiu profundamente e explicou que no esperanto há mais ou menos seis mil radicais, não mais do que isso, e desses radicais se ramifica todo o acervo necessário de palavras. As raízes mesmas são tiradas do grego e das línguas latinas. Dezesseis é o número exato de regras gramaticais, sem variantes e sem exceções. Para encerrar a primeira aula, que teve a duração de vinte e cinco minutos, Martin ensinou a seus ouvintes como enunciar em esperanto o primeiro versículo do livro do Gênese: *En la komenco* — no princípio — *Dio kreis la ielon kaj la teron* — Deus criou o céu e a terra.

Tzvi Provizor, que em suas horas vagas traduzia para o hebraico o escritor polonês Iwaszkiewicz, pensou um pouco e observou que realmente o esperanto parecia ser fácil e lógico e lhe soava um pouco como o espanhol. Moshe Iashar anotou tudo no caderno. Martin disse que são as palavras obscuras que envenenam em todo lugar a relação entre os homens e por isso são exatamente as palavras exatas e nítidas que podem reparar essa relação, com a condição de que sejam as palavras certas e ditas numa língua que toda pessoa possa entender. O jovem Moshe Iashar não disse nada, mas intimamente pensou que o sofrimento no mundo nasce ainda antes das palavras. Quando Martin usou a expressão "sem concessões" veio à mente de Moshe que a decisão de Martin de fumar de vez em quando meio cigarro e não um cigarro inteiro era na verdade uma espécie de concessão.

Depois da aula Osnat acompanhou Martin e seu carrinho de criança com o balão de oxigênio até sua casa. Ele estava muito cansado, seu corpo doía e sua respiração estava tão curta que ele resolveu abrir mão do meio cigarro que tencionava fumar à noite. Foi a custo que concordou em comer um pouco de iogurte, e depois Osnat ajudou-o a descalçar os sapatos e se sentar na cama, apoiado em alguns travesseiros, para esperar o sono que talvez viesse. Ela tocou para ele na flauta a melodia das canções "Entre o Eufrates e o Tigre" e "Ria, ria dos sonhos". Depois se despediu, levou consigo a bandeja com o jantar, depositou-a sobre os degraus da varanda e saiu para seu passeio vespertino ao longo da alameda dos ciprestes. Durante a noite ouviu a tosse de Martin através da fina parede que separava a cama dela da dele, mas enquanto se levantava e se envolvia no roupão a tosse cessou e não voltou a se fazer ouvir até a manhã seguinte.

O segundo encontro dos participantes da aula de esperanto foi adiado, porque um dia antes da data marcada o estado de Martin Vanderberg piorou e ele foi levado de ambulância para o hospital, onde foi colocado numa tenda de oxigênio na Unidade de Terapia Intensiva. Todo dia, de manhã, Lea Shindlin, do comitê de saúde, ficava na cabeceira de sua cama, e à tarde Osnat a substituía. Martin ficava o tempo todo deitado de olhos fechados. Às vezes murmurava algo e às vezes ria. Os olhos estavam afundados nas órbitas e seu cabelo encaracolado, despenteado. Se falavam com ele, ele assentia com a cabeça. Às vezes conseguia dizer algumas palavras de agradecimento às companheiras que estavam de vigília na cabeceira de sua cama. Ao entardecer, reclamava que não tinha capacidade de concentração suficiente para processar seus pensamentos. E uma vez, quando duas diligentes enfermeiras vieram trocar seu pijama, riu de repente e lhes disse que a morte também era, na verdade, anarquista: a morte não tinha nenhum respeito por posição social, bens, autoridade ou título, para ela todos somos iguais em tudo. Essas palavras saíram entrecortadas de seus lábios e não muito claras, mas Osnat, que estava sentada a seu lado, as compreendeu e sentiu o quanto Martin lhe era caro, e também que ela devia se apressar e encontrar um modo de lhe dizer que ele lhe era caro. Mesmo assim não encontrou palavras e só ficou segurando os dedos quentes dele entre suas mãos, que eram pequenas e frescas.

Ao cabo de cinco dias os pulmões dele pararam de assimilar o oxigênio que era levado até eles, e Martin morreu por asfixia. Osnat, que estava sentada a seu lado, acariciou levemente sua testa e fechou seus olhos antes de ir até o telefone no corredor para dar a notícia a Ioav Karni, o secretário. Ioav enviou uma van para levar Osnat de volta para casa e o corpo para a sala de lazer do kibutz. Lá, num caixão coberto com um lençol preto, o corpo ficou a noite inteira e o dia seguinte, até o momento do enterro, marcado para as dez horas da manhã. No quadro de avisos no refeitório Ioav pendurou uma pequena nota que ele mesmo escrevera e datilografara com um dedo só na máquina de escrever da secretaria:

Nosso companheiro Martin Vanderberg faleceu esta tarde. O enterro se realizará amanhã às dez horas da manhã. Se alguém conhece algum parente de Martin, favor comunicar o mais breve possível a Ioav.

Nenhum parente foi encontrado e só *chaverim* do kibutz Ikhat compareceram ao enterro. Era uma suave manhã de céu azul e o calor não incomodou os presentes, pois um vento agradável soprava do ocidente e refrescava a pele. As ramagens mais altas dos ciprestes que circundavam o cemitério tremulavam um pouco a esse vento. No ar esvoaçavam mariposas de verão e com elas os odores do campo e dos pomares e o cheiro de uma fumaça ao longe. Todos estavam em roupas de trabalho, pois o enterro se realizava numa hora em que estavam trabalhando. Os presentes postaram-se em torno da sepultura aberta e esperaram. A espera se prolongou um pouco. Não houve qualquer cerimônia religiosa, pois Martin tinha deixado um bilhete no comitê comunitário no qual pedia para ser enterrado sem um *chazan* e sem orações.

David Dagan, o educador, pronunciou algumas frases em nome de todos nós. Ele descreveu Martin Vanderberg como um idealista coerente que viveu toda a sua vida de acordo com suas crenças. Até quase seu derradeiro dia, disse David Dagan, nosso companheiro Martin trabalhou na oficina de sapateiro como se tivesse assumido a responsabilidade simbólica por cada passo de nossos pés.

Depois dele falou Ioav Karni em nome da secretaria. Ele destacou que Martin tinha sido durante toda a vida um homem solitário, um sobrevivente, que na Holanda, na época do Holocausto, tivera que se esconder. Ele tinha visto com os próprios olhos os extremos de baixeza a que o homem pode descer e assim mesmo chegou até nós pleno de fé no homem e num futuro repleto de amor à justiça. Mais de uma vez, disse Ioav, nos admiramos de sua integridade e de seu apego aos ideais. Era um homem do espírito e também das realizações do dia a dia, um homem de princípios e de trabalho sem concessões. No fim de sua fala Ioav enalteceu também nossa companheira Osnat, que cuidou de Martin com dedicação durante sua doença. E terminou expressando a esperança de que a figura de nosso *chaver* Martin continue a ser uma fonte de inspiração para todos.

Depois dos necrológios, a pedido de Ioav, Osnat tocou diante da sepultura aberta a melodia de "Ria, ria dos sonhos", de que Martin tanto gostava. Alguns dos participantes a acompanharam cantarolando baixinho e outros só movendo os lábios.

Tzvi Provizor, Nahum Ashrov e Roni Shindlin, e com eles outros *chaverim*, pegaram pás e jogaram terra sobre a tampa do caixão. A terra levantou poeira e um ruído oco e seco se ouviu quando os torrões caíam na tampa do caixão. Roni Shindlin quase tropeçou num montinho de terra e David Dagan o amparou e ajudou a se firmar. Osnat pensou nas palavras "sem concessões" que Ioav Karni empregara para descrever o falecido e descobriu que não gostava dessas palavras. Mesmo assim, teve um sentimento de ternura por cada um dos presentes no enterro, uma ternura que ela não sabia de onde vinha nem do que se originava, mas sabia que a acompanharia por muitos dias ainda.

O caixão estava completamente coberto e sobre o novo túmulo ainda pairou por algum tempo uma pequena nuvem de poeira.

Roni Shindlin disse: "É isso aí". E acrescentou:

"É uma pena. Quase não restam pessoas como ele."

Ele reuniu as cinco pás que tinham servido para cobrir a

sepultura, depositou-as num carrinho de mão e saiu dali. Em grupos, os outros participantes o seguiram, cada um para seu trabalho. David Dagan lembrou a Moshe que a próxima aula ia começar dentro de quinze minutos. E foi embora. Moshe esperou ainda dois ou três minutos e foi embora também. Osnat se demorou mais um pouco, ficando por algum tempo sozinha junto ao monte de terra, ouvindo as vozes dos pássaros e o ronco de um trator ao longe, o coração tranquilo e sereno, como se aquilo não tivesse sido um enterro e sim uma boa e saciante conversa. De repente teve vontade de dizer duas ou três palavras tranquilas em esperanto, mas não tivera tempo de aprender nada, e também não sabia o que teria para dizer.

1ª EDIÇÃO [2014] 3 reimpressões

ESTA OBRA FOI COMPOSTA PELO GRUPO DE CRIAÇÃO EM ELECTRA E
IMPRESSA PELA GEOGRÁFICA EM OFSETE SOBRE PAPEL PÓLEN BOLD
DA SUZANO PAPEL E CELULOSE PARA A EDITORA SCHWARCZ
EM OUTUBRO DE 2016

A marca FSC® é a garantia de que a madeira utilizada na fabricação do papel deste livro provém de florestas que foram gerenciadas de maneira ambientalmente correta, socialmente justa e economicamente viável, além de outras fontes de origem controlada.